神奇柑仔店5

我不要帥哥面具！

文 廣嶋玲子　圖 jyajya　譯 王蘊潔

目錄

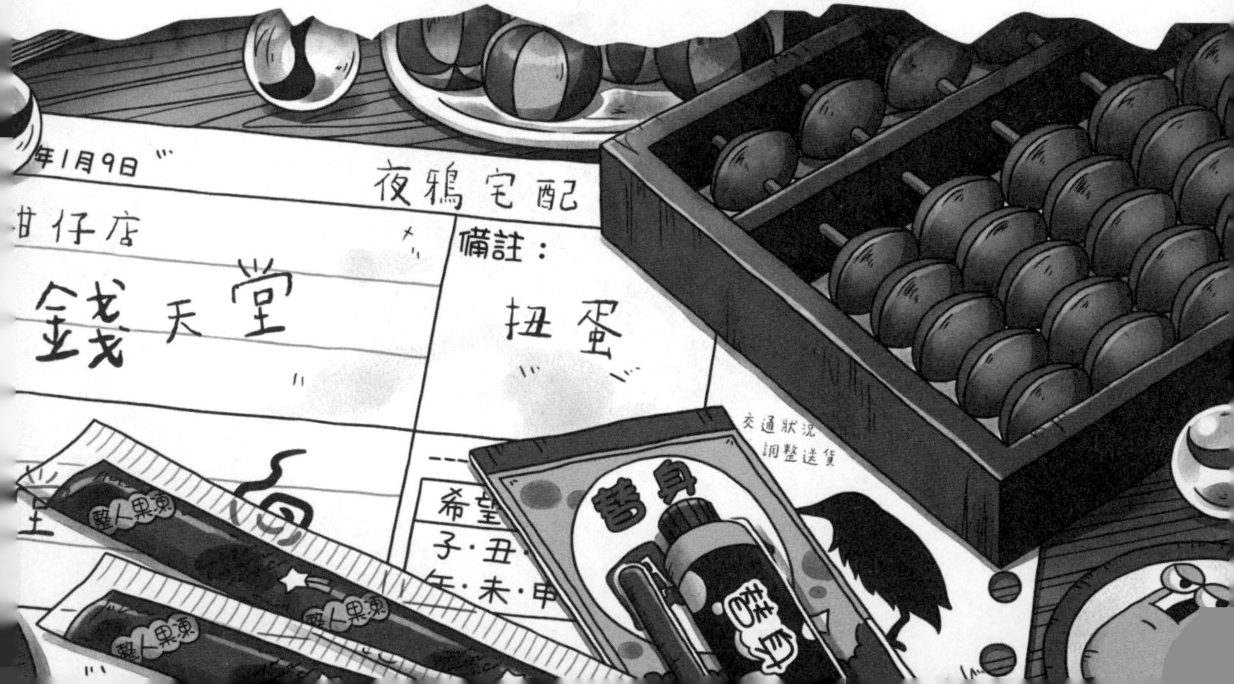

十六年 百元
年 五十元
十元
收件
收件人
寄
乳豬優格
泡泡糖

序章

有個女人匆匆忙忙的走在大馬路上。

她的身材很高大，像個相撲選手，個子也比普通的男人更高，頭髮像雪一樣白，而且穿了一件古錢幣圖案的紫紅色和服，看起來很有氣勢。

她的頭髮上插了許多五顏六色的髮簪，嘴唇則抹著鮮紅的口紅，整個人散發出時尚的感覺，但是手上卻拎了一個超級大的購物

籃。

這個女人圓潤的臉上流著汗，小聲的自言自語。

「池丸超市的限時特價，今天秋刀魚只要三十元，絕對不能錯過。雖然大家一定會搶破頭，但家裡的那些招財貓最愛吃秋刀魚，身為錢天堂的老闆娘，我今天一定要卯足全力去搶一波。」

老闆娘信心滿滿、大步走去超市，但路上的行人全都沒有看她一眼。

照理說，她的樣子應該很引人注目才對，但是她直奔池丸超市時，完全沒有引起周圍的人注意。

她在車道旁的人行道上趕路，不經意的看向馬路對面，接著猛然停下腳步。

對街有一個年輕的女性正準備搭計程車。她看起來二十出頭，眉清目秀，穿了一件名牌洋裝，拎著名牌包，腳上穿了一雙看起來很高級的高跟鞋，打扮入時而且無可挑剔。她的衣著和人都散發出優雅的氣質，一看就知道是個富家千金。

但那個小姐手上拿著一罐果汁，顯得有點不自然。她小心翼翼的緊握著果汁，彷彿那是什麼貴重物品。

吸引這個女人注意力的正是那罐果汁——因為她一眼就發現它

了，那真的是一罐特別的果汁，而且那是她店裡的商品。

她偏著頭納悶的說：「那位小姐應該不是幸運的客人，為什麼會有我店裡的商品？」

當她還這麼想的時候，那輛計程車就開走了。

「啊，等……等一下！」

這個女人回過神，急忙想去追計程車，但還來不及追上去，計程車已經轉了個彎，從眼前消失了。

「這到底……是什麼狀況？那位小姐為什麼會有那罐果汁？難道……」

她頓時臉色發白，轉身衝進附近的一條暗巷，像是要推開周圍的黑暗般，大步走了起來，插在她頭髮上的髮簪也跟著左搖右晃，好像隨時會掉下來。

但是她完全沒有放慢腳步，用飛行般的速度來到一臺自動販賣機前。

這臺自動販賣機放在一個鳥不生蛋的位置，任何人看到都會感到納悶，而且很奇怪的是，自動販賣機上貼滿了金色招財貓的貼紙，和普通的自動販賣機不太一樣。

自動販賣機內的飲料也很與眾不同，有「好喝汽水」、「老闆可樂」、「天才西打」、「美麗可愛茶」，還有「養老乃瀧水」。

但問題不在這裡，而是自動販賣機的門已經被撬開，裡面的飲料全被偷走了。

這個女人板著臉，注視著被破壞後洗劫一空的自動販賣機，然後突然想起了什麼，轉身在黑暗中快步走了起來。

她來到一家超市。那家超市今天休息，門上掛著「公休」的牌子，出入口拉下了鐵捲門。當老闆娘站到鐵捲門前，鐵捲門自動升了起來，超市內的燈也亮了。

女人見怪不怪的走進超市，走向收銀臺附近的區域。

那裡有一臺扭蛋機，就像小型自動販賣機，透明的塑膠臺上有一個銀色的旋鈕。只要投入錢幣，轉動旋鈕，就可以轉出一個裝了玩具的扭蛋。不知道會轉到什麼東西，也是扭蛋機迷人的地方之一。

她一看到扭蛋機，立刻皺起了眉頭，因為扭蛋機也完全空了。

這個女人打開扭蛋機的蓋子檢查——果然沒錯，裡頭連一顆扭蛋也沒有。她忍不住嘆了一口氣。

「不只是自動販賣機，連這裡也遭殃了嗎？竟然破壞了只有幸運的客人才能發現的魔法，還偷走錢天堂的商品，這到底是誰做的好事？……沒辦法了，最近不能開店做生意，得去找回那些被偷走的商品。要是讓沒有運氣的人拿到本店的商品，後果不堪設想。」

老闆娘立刻轉身離開超市。在她走出去的同時，超市的燈熄了，鐵捲門也自動關了起來。

1 全新徽章

「好討厭……」

早上八點，小潤站在家門口，垂頭喪氣的看著自己的鞋子。

那是一雙很舊的球鞋，腳尖和腳後跟都用很粗的麥克筆寫著「青木波」的名字。

小潤家裡有四個兄弟姊妹，大哥小徹今年十三歲，姊姊小波今年十一歲，二哥宗二今年九歲，最小的小潤今年六歲。上面有三個哥哥姊姊，他是不是特別受寵呢？也許是吧，但身為老么，向來只能穿哥哥姊姊的舊衣服和舊鞋子。

小潤身上的長褲是小徹哥哥以前穿過的，幼兒園的罩衣和書包是宗二哥哥用過的，鞋子是小波姊姊穿過的。他雖然很喜歡哥哥和姊姊，但這是兩碼事，他不想再穿別人的舊衣服和舊鞋子了。

「唉，討厭討厭，好希望可以穿新衣服或是新鞋子，就算只有一次也好！不管是什麼都沒關係，新的玩具也可以。」

但是媽媽總是堅持說：「哥哥的衣服還可以穿，再買新的太浪費了。」

爸爸也一樣，總是說什麼：「要愛惜使用所有的東西。」

小潤雖然才六歲，但他也有自尊心，他不想穿寫了姊姊名字的球鞋去幼兒園——是絕對不想！如果被同學看到，他們一定會嘲笑自己，說什麼：「啊，小潤！你的名字又寫錯了！」或是「你上次叫宗二，這次要叫小波嗎？小波，早安啊。」

至少要把名字塗掉才行。小潤用黑色麥克筆把名字塗掉，原本就很舊的球鞋看起來更醜了。

「唉！算了！」

小潤生氣的打開玄關門，把球鞋往門外一丟。

接著就聽到了媽媽的聲音。

「小潤！你在幹什麼？我都看到了！」

「嗚……但、但是……」

「沒什麼但是不但是，趕快去撿回來！我們要準備出門了，你不要再做這種無聊的事。」

「嗚嗚……」

小潤很不甘願的走到門外。

球鞋掉在家門前的空地上，當小潤走過去準備撿起來時，看到草叢中有個東西在發光。

「咦？那是什麼？」

那顆圓圓的塑膠球，差不多像小徹哥哥的拳頭那麼大，透明的球裡裝了什麼東西。

小潤左顧右盼，周圍沒有其他人。

「這顆塑膠球一定是別人掉的……但沒有人看到……應該沒問題。」

小潤又四處張望了一下，然後迅速把塑膠球撿起來。

他不由得心跳加速，他第一眼看到它時，就覺得這顆塑膠球內一定裝了很棒的東西。不對，應該說他一看到它時就知道了。

小潤當然知道不能把撿到的東西占為己有，因為一定有人在找自己遺失的東西。「但是，只有這顆塑膠球不一樣，真希望塑膠球可以變成我的！我想要這顆塑膠球！」

小潤因為愧疚和興奮漲紅了臉，但還是用力把塑膠球打開。裡面有一張小紙條和一個差不多十元硬幣大小的徽章。徽章後面像圖釘一樣，能把徽章別在衣服上，再從背面用蝴蝶扣把針頭固定。

「這是什麼？」

小潤仔細打量它，那是一個閃亮亮的銀色徽章，上面刻了一個「新」字，但是小潤不認得漢字，以為只是一個隨意的圖案。

塑膠球內的小紙條上寫著「新品徽章使用說明書」，但小潤也沒看，因為他完全被那個徽章吸引了。

「感覺……好帥啊！」

小潤決定立刻把徽章戴起來。他把徽章別在胸口，覺得自己很神氣，好像得到了一枚勳章。彷彿只要有這個徽章，即使穿舊球鞋，也可以抬頭挺胸去幼兒園。

小潤精神抖擻的穿上鞋子，立刻發現了令人驚訝的事——原本鞋尖和鞋後跟都塗得亂七八糟的舊球鞋突然變乾淨了，麥克筆的痕跡和姊姊的名字都消失不見，連顏色也變白了，而且還白得有點刺眼，簡直就像剛從商店裡買回來一樣。

「這……這是怎麼回事？」

小潤揉了好幾次眼睛，這不是做夢，小潤的腳上穿了一雙全新的運動鞋。

這時他才發現，並不是只有球鞋變新而已，原本罩衣袖口的破損和長褲上的污漬都不見了，書包也變新了，現在他全身上下都是新的，就連襪子也一樣。

小潤很驚訝也很高興，心臟撲通撲通加速跳了起來。他忍不住用左手按住胸口，結果手才剛碰到徽章，它就掉了下來。

前一刻的變化就像魔法般全部消失不見了，球鞋、罩衣、書包和長褲，所有的一切都恢復了原狀——全身變新的魔法消失了。

小潤大吃一驚，也感到很失望。他撿起徽章仔細打量著。

「該不會是因為這個東西的關係？嗯，一定是這樣！只要把這個徽章戴在身上，衣服和鞋子就會變得像新的一樣！」他打算再把徽章別在身上時，媽媽走了出來。

「小潤，我們要走了，趕快坐上腳踏車！」

「啊，喔，好！我馬上過去！」

小潤趕緊把徽章藏在身後。不能讓媽媽知道，如果媽媽知道這是自己撿到的，可能會把它沒收，還會說：「遺失的人一定在找，我們要趕快送到派出所。」不過，小潤不想把徽章交出去。

「這是我的！這是我的徽章！我才不要給別人。」小潤坐在腳踏車上，手裡一直緊緊握著徽章。

到了幼兒園，向老師打完招呼，媽媽也回家之後，小潤又把徽章別在身上。

魔法再度出現了，他從頭到腳的衣物在轉眼之間變得煥然一新。小潤的心情大好，自己竟然可以穿全新的衣服，簡直就像王子一樣。

「我不會再覺得自己很丟臉，也不會再羨慕其他同學有漂亮的東西了。」

小潤在媽媽來幼兒園接他之前一直戴著徽章。

他發現徽章的魔法不只是把衣服變新而已，只要把徽章戴在身上，衣服絕對不會髒。

吃午餐時，小潤不小心把便當裡的肉丸掉在褲子上，但完全沒有留下任何污漬。

畫畫時，他故意把顏料塗在圍兜兜上，也完全沒有問題。

「小潤，你今天的衣服保持得很乾淨，太了不起了。」

小潤聽到最喜歡的敦子老師這麼稱讚自己，簡直得意得不得了。

唯一的缺點，就是徽章很容易掉。徽章背後的蝴蝶扣似乎有點鬆，所以一不小心就會掉落。小潤很緊張，因為如果不小心弄掉，最後找不到就慘了。

幾天過去了，失主並沒有找上門，媽媽也沒有發現，小潤終於鬆了一口氣。有了徽章之後，他每天都過得很開心。

他已經無法想像自己沒有徽章的日子，加上因為每天都穿得乾乾淨淨，所以女生開始喜歡他，都說：「小潤最近好像越來越帥了！」，小潤聽了也越來越得意。

「這應該是上天送給我的禮物。」他漸漸有了這樣的想法。

不久之後，全家人要一起去參加小波姊姊的鋼琴發表會。小波姊姊穿了一件可愛的杏色洋裝，那是手巧的奶奶為了這一天特地縫製的。姊姊穿上洋裝真的很漂亮，小潤也為姊姊感到驕傲，覺得其他人根本沒辦法和姊姊相比。

小潤也穿上出門做客時才會穿的衣服，還繫上了領帶。當然那些都是哥哥的舊衣服，但只要戴上徽章，就完全沒問題了。

「哎呀，我原本還擔心太舊了，沒想到還很新呢。小潤，穿在你身上真好看。」

媽媽還說：「很高興舊衣服穿在小潤身上這麼好看。」媽媽有點粗心，所以沒有發現徽章的魔法。

姊姊正為即將舉行的發表會感到緊張，根本沒注意到小潤，爸爸也很專心的準備為姊姊拍影片。只有兩個哥哥看著小潤，有點懷疑的說：「這真的是我們的舊衣服嗎？不是新買的？」

全家人送姊姊去後臺後，一起走進會場坐了下來。

發表會開始了，但小潤覺得鋼琴彈奏會很無聊。

真希望趕快輪到姊姊，姊姊趕快彈一彈，就可以去餐廳吃飯了。

今天全家都要在外面吃飯，所以小潤連午餐都沒吃，現在肚子已經快餓扁了。

在第三個人開始演奏時，小潤終於忍不住問：「媽媽，姊姊呢？還沒有輪到姊姊嗎？」

「噓！還早呢。」

「還早喔……媽媽，我可以去上廁所嗎？」

「好啊，小聲點，你自己去沒問題嗎？」

這時，宗二哥哥插嘴說：「啊，我陪他去，不用擔心。」

小潤和宗二哥哥一起逃到走廊上。

「啊，太好了。小潤，你真是選對了時間。」

「嗯，真受不了。」

「對啊，你要去廁所吧？」

「我不去，我根本不想尿。」

「那要不要一起去看姊姊？」

「好啊！我們去為她加油！」

小潤和宗二哥哥一起走去後臺，沒想到來到後臺時卻嚇了一大跳。

姊姊身上披著一條大毛巾，在後臺哭成了淚人兒。那件杏色的洋裝丟在她面前的桌子上，上頭有一大片黑色污漬。

「姊姊？」

「你怎麼了？」

「宗二，小、小潤！」

小波姊姊哭著向他們說，她在等待上場時想要喝可樂，但是可能太緊張了，手指忍不住發抖，結果弄倒了可樂罐，可樂全都灑在身上了。

「怎、怎麼辦……馬上就要輪到我了，我、我的衣服變成這樣……嗚啊啊啊……」

姊姊放聲大哭起來，宗二哥哥手忙腳亂的安撫她。

「姊姊，沒、沒問題，衣服有點髒也沒關係。」

「嗚啊啊啊啊……」

「呃，哎喲！喂、喂，小潤！你趕快去叫媽媽，媽媽一定會有辦法。」

但是小潤沒有去叫媽媽，他一把抓起放在桌子上的洋裝。

「我會把姊姊的洋裝洗乾淨！」

「喂，小潤，你不要亂來！」

「別擔心！只要洗一下，馬上就乾淨了！」

小潤大聲回答後，拿著洋裝跑去男廁，心裡想著：「宗二哥哥

馬上就會追上來，所以要趕快，我要快一點。」

小潤把原本戴在自己胸口的徽章拿下來，然後別在洋裝上。

這時，宗二哥哥跑進了廁所。

「小潤，你在幹麼啊，這種時候不要胡鬧！」

宗二哥哥說著，把洋裝拿了過去。

下一剎那，哥哥瞪大了眼睛，因為他發現洋裝上那一大片污漬不見了。

「喂、喂……你怎麼……」

「我剛才不是說了嗎？我可以洗乾淨。」

小潤說完露齒笑了起來。

「趕快拿去給姊姊啊。」

「嗯，好。」

宗二雖然很驚訝，但還是點頭應好。

小波姊姊看到洋裝洗乾淨了，高興得跳了起來，然後順利上臺彈奏了鋼琴。

姊姊在舞臺上落落大方的彈奏鋼琴，小潤在座位上用力為姊姊鼓掌。

姊姊滿臉喜悅的向大家鞠躬致意，然後回到後臺。這時，小潤突然心跳加速，因為他似乎看到姊姊的洋裝上有黑色污漬。

難道……

他的不祥預感果然成真了。

當全家人去後臺迎接姊姊時，姊姊穿著那件滿是黑色污漬的洋裝，不知所措的站在那裡。

「小波！這件衣服怎麼了！」

「剛才我不小心把可樂灑在身上……小潤幫我洗乾淨了……沒想到回到後臺又變成這樣了，我也不知道這是怎麼回事。」

小潤立刻看向洋裝的裙襬，徽章果然不見了。他剛才把徽章別在那裡，但現在沒看到，一定是剛才掉在舞臺上了，得趕快撿回來才行。

小潤正想轉身去舞臺，媽媽卻抓住了他。

「小潤！這種時候不要亂跑。小波，你趕快換衣服，別擔心，媽媽會幫你把污漬洗乾淨。」

「媽媽，我要去一個地方。」

「不行！等一下不是要去吃飯嗎？還是你不想去？」

「不是……我要去吃飯。」

「既然這樣，那就乖乖留在這裡。小徹，你看好小潤，不要讓他亂跑。」

「好。」

在小徹哥哥的嚴密監視下，小潤根本動彈不得。

小潤就這樣失去了神奇的徽章，他為自己居然弄丟了好不容易得到的徽章感到難過。

他又開始整天穿舊衣服，內心也一天比一天更後悔。

「不知道那枚徽章有沒有被別人撿走，那個人有了徽章，一定每天都過得很幸福快樂。」

「唉，也許當時不應該幫姊姊的忙。」小潤漸漸產生了這樣的想法。

有一天，小波姊姊送了玩具給他，那是小潤之前就很想要的「白瑞德獅子王戰隊」的劍和腰帶組合，而且那不是舊玩具，是閃亮亮的新品。

小潤瞪大了眼睛，小波姊姊說：「謝謝你在上次發表會時幫了大忙。你那時候是不是為我做了特別的事？否則污漬不可能消失不見。」

小潤，真的很謝謝你。」

「不，沒事，不客氣。」

小潤把劍和腰帶緊緊抱在懷裡。

然後，他發自內心覺得：「啊，幸好當時幫了姊姊的忙。」

那個神奇徽章並沒有被任何人撿走。徽章掉在舞臺角落，清潔人員沒有發現，在打掃時把徽章吸進了吸塵器。

這是個完美的結局，因為扭蛋內的說明書上寫著——

「全新徽章」可以讓你身上所有東西都變成全新，但「全新徽章」只屬於你，必須保持「全新」的狀態，千萬不要在借給別人使用之後，繼續用在自己身上。已經變舊的「全新徽章」會啟動「破爛魔咒」，無論穿任何衣服，看起來都會破破爛爛，敬請小心。

如果小潤從姊姊手上拿回徽章，然後再用在自己身上……

或是撿到的人把徽章別在自己身上……

小潤當然不可能知道，自己和其他人都躲過了一劫。

2 千金小姐可可

「這下慘了，太慘了。」

美彌感到驚慌失措。她的男朋友阿篤突然告訴她：「三天後，我要帶你和我爸媽見面，我們一起去餐廳吃飯。」

阿篤家裡非常有錢，他爸爸是企業家，媽媽來自名門世家，阿篤本身是小說家。雖然他的作品完全賣不出去，但他完全不必為生活發愁。他擁有好幾棟房子，每個月光是租金的收入就很可觀。他

就是那種含著金湯匙出生，從來沒吃過苦的富二代。

美彌來自普通的上班族家庭，爸爸和媽媽都很平凡，生活雖然不苦，但也不富裕，就只是普通的小康家庭。

美彌最討厭自己的家世，她的個性貪婪不知足，從小就知道這個世界上有些人很有錢。

沒錯，美彌家有一個親戚十分富有——時雄舅舅住在高級住宅區，家裡有一個很大的庭院，還飼養了一條有血統的狗。舅舅的女兒理惠有很多漂亮可愛的東西，簡直就像個公主。

每次去時雄舅舅家玩，美彌就對理惠既羨慕又嫉妒。

「好羨慕理惠，她的爸爸、媽媽買那麼多東西給她。我也想睡在漂亮的房間，我也想要衣櫃裡放滿名牌衣服，每天都有百貨公司的蛋糕當點心。為什麼理惠可以什麼都有？為什麼理惠家這麼有錢，我們家卻沒有錢？」美彌想著。

隨著她慢慢長大，這種羨慕和嚮往有增無減，也越來越強烈。

「爸爸、媽媽都靠不住，他們對目前這種平凡的生活很滿足，但我不會像他們一樣，我一定要過最奢侈、最豪華的生活。每天只想吃喝玩樂，打扮得漂漂亮亮，可以買很多名牌精品。」

幸好美彌長得很漂亮，她覺得只要運用這張可愛的臉蛋，一定可以得到自己想要的東西。她仔細調查了男生喜歡的打扮和動作，還學會了化妝，在國中和高中時都有很多男生喜歡她。

但是美彌完全不理會那些主動追求她的男生，因為和她同年齡的男生沒有能力滿足她的條件。

「我一定要成為有錢人！」

美彌滿二十歲之後，就開始努力釣金龜婿。她擇偶只有一個條件，那就是對方必須有錢，年紀和外表都不重要，她只需要一個能夠讓她揮霍無度的男人。

美彌加入很多相親網站，積極參加聯誼，最後終於認識了阿篤。

第一次看到阿篤時，美彌覺得他看起來就像是一隻落湯雞。雖然已經三十歲了，但給人的感覺很寒酸、上不了檯面，一看就知道女生不會喜歡他，在聯誼時也手足無措的一個人站著。

但是，美彌卻覺得這或許是大好機會。因為沒有其他女生多看他一眼，就意味著沒有競爭對手，反而容易上鉤。而且阿篤看起來很懦弱，順利的話，可以讓他對自己言聽計從。問題在於自己還不知道他有多少財產。

美彌面帶笑容的走向阿篤，只花了短短五分鐘，就打聽到他的財富狀況，然後又在接下來的五分鐘裡，成功約定「下次一起吃飯」。

交往之後，她發現阿篤果然是理想的對象。無論美彌想要什麼，阿篤都會買給她，而且他溫柔體貼、個性懦弱，即使美彌耍任性，他也都能忍受。

美彌為自己如此幸運而高興得飄飄然，覺得即使和阿篤結婚也沒關係。只不過一旦結了婚，就要和公婆打交道，會增加許多麻煩事，所以她漸漸覺得與其為這種事傷腦筋，還不如一直像現在這樣，只要能夠盡情花阿篤的錢就好。沒想到，阿篤竟然突然要求自己和他父母見面。

美彌當然表示反對。

「啊？為什麼？你之前不是說不喜歡你的父母嗎？」

「對啊，我討厭他們。」

「既然這樣，我為什麼要去和他們見面？我覺得很煩耶。」

「我也不願意啊。」

阿篤露出無奈的表情抓著頭，原本看起來就很蠢的臉看起來更寒酸了。

「他們前陣子就叫我去相親，我告訴他們我已經有女朋友了，他們就一直吵著要和你見面。不好意思，無論如何我都希望你能和他們見一面。別擔心，只是見面吃頓飯而已，完全不需要緊張。」

怎麼可能不緊張？美彌陷入煩惱。

阿篤的父母絕對一眼就能看出美彌是為了錢和他們的兒子交往，到時候一定會要求阿篤和自己分手。阿篤個性這麼軟弱，也許會聽父母的話，到時候美彌就必須告別一起住的高級公寓，還有整天買名牌的生活，也拿不到阿篤給她的大筆零用錢。

「絕對不能讓這種事情發生！」

必須設法解決這件事，美彌絞盡腦汁思考。

仔細思考之後，她覺得或許可以化危機為轉機。一旦贏得阿篤父母的歡心，搞不好能夠順利嫁給阿篤。一旦結了婚，就可以一輩子自由花用阿篤的錢，以後還可以繼承他父母的遺產，到時候即使離婚，也可以拿到一大筆贍養費。

「我只要假裝自己是有氣質的富家千金一天，博取他父母的歡心就好。」

為了牢牢抓住阿篤，無論如何都要讓這次見面成功。

美彌立刻付諸行動，隔天就去參加「淑女禮儀教室」的講座。

沒想到結果大失所望。原來要學姿勢、舉手投足、說話技巧、待人圓滑周到這一大堆東西，她終於發現，原來要成為一個淑女需要這麼多禮儀。

美彌很會裝可愛，雖然她知道如何表現出自己可愛的一面，卻無法說話得體，也不懂得關心他人。她之前交往的男朋友曾對美彌說：「你雖然長得很可愛，但性格和態度都太糟糕了。」雖然阿篤似乎就喜歡她這一點，但他的父母一定不會喜歡。

至少要打點一下外表。隔天，她去麻布區的超高級精品店買了看起來很優雅的洋裝和絲巾，然後試穿了一下，也順便化了和平時不一樣，看起來很嫻淑的妝。

沒想到結果也不理想。

「感覺……好奇怪。」

美彌發現，即使化了妝，穿上名牌衣服，看起來也不像貴婦，反而顯得很庸俗。

阿篤的媽媽是真正的貴婦，一定會識破美彌的本性。明天就要和他父母吃飯了，如果不趕快想辦法，到時候真的會失敗。雖然她可以更努力改變自己，只是她覺得很麻煩。

「乾脆別指望阿篤的父母會喜歡我，還是再找其他對象好了？」

她走在街上，思考著這件事，突然有人叫住了她。

「小姐，要不要買果汁？」

美彌回頭一看，一個看起來很寒酸的中年男人站在那裡，肩上背著一個很大的行動冰箱，對她嘿嘿笑著。

「他是遊民嗎？」美彌毫不掩飾內心的歧視，冷冷的說：「不需要。」

「真的嗎？你真的不需要嗎？」

男人在說話時，打開了行動冰箱的蓋子。

行動冰箱內有許多罐裝和保特瓶裝的飲料，每一種飲料都很特別，貼著從來沒有見過的標籤，但只有一罐飲料吸引了美彌的目光。

「嗯？有你喜歡的嗎？這個嗎？還是這個？」

男人拿起那罐飲料時，美彌忍不住用力吞著口水。

那罐飲料看起來並不起眼，巧克力底色的鐵罐上有許多金粉，用優雅的粉紅色寫著「千金小姐可可」幾個字，有一種高貴又時尚的感覺，而且整罐飲料好像會發光。

美彌第一眼看到那罐飲料，就想要占為己有。

「這罐飲料多少錢？」

「嗯，一萬元怎麼樣？」

「一萬！喂，太貴了吧！」

「因為這罐飲料很特別啊，你不買也沒關係，反正我無所謂。你要買嗎？」

「好、好吧，我買，我要買！」

美彌拿了一萬元給那個男人，得到了那罐千金小姐可可。

「嘿嘿，祝你一切順利。」

男人嘿嘿笑著，轉身離開了。

美彌仔細打量「千金小姐可可」。竟然花了一萬元買一罐飲料，連她自己也難以相信，但奇怪的是，她並沒有感到後悔，反而覺得自己賺到了。

「喝喝看吧，現在馬上來試喝。」

美彌打開那罐飲料的拉環，咕嚕咕嚕喝了起來。以前從來沒有喝過口感這麼豐富的可可，濃郁的巧克力被牛奶溫柔的包覆，然後在嘴裡融化，濃醇香的口感有一種高雅的感覺。

美彌喝完最後一滴，心滿意足的嘆了一口氣。

「太美味了，原來罐裝可可也有如此深奧出眾的味道。」

美彌在自言自語之後大吃一驚。自己怎麼會說出這種話？自己想說的明明是：「好喝死了，原來罐裝可可的味道也不錯。」

「搞屁啊？」她原本想這麼說，沒想到脫口而出的竟然是：「這究竟是怎麼回事？」

美彌越來越不知所措。她無法用平時的方式說話，說出的每一句話都很優雅，怎麼會突然變成這樣？沒想到喝了「千金小姐可可」，會出現這麼奇怪的變化。

「千金小姐可可？難道是它造成的？」

美彌打量著手上的空罐，發現罐底寫了以下的文字。

向想要輕鬆擁有優雅氣質的你，推薦這罐「千金小姐可可」！只要喝了這罐可可，就可以成為氣質、教養兼具的完美淑女！錢天堂的推薦，絕對值得一試！

「哎喲！」美彌用手捂著嘴，驚訝的叫了一聲。

「雖然以前從來沒有聽過錢天堂這個廠商，但我想這應該就是它的效果，完全沒想到會發生這種狀況呢。」

不過這罐飲料也幫了大忙，這麼一來，一定可以輕鬆搞定明天的餐會。美彌忍不住笑了起來，急忙想要趕回家，但又臨時改變了主意。

「就這樣回去阿篤身邊，一點都不好玩，等到明天再讓他見識一下我變成千金大小姐的樣子。」

她傳了簡訊給阿篤，說她今天不回家，明天會直接去餐廳，然後就搭上計程車。她決定把「千金小姐可可」的空罐也帶回家，雖然可可已經喝完了，但她決定把這個空罐當作護身符。

美彌在她最喜歡的六本木下了計程車，逛街時，從玻璃中看到自己的身影。

現在和剛換上新買的衣服時看到的樣子完全不同，她發現身上的洋裝和絲巾都很適合自己，簡直就像是為自己量身打造的，只不過她不滿意這樣的搭配。

「仔細看，就會發現這樣的搭配不太理想，這件洋裝應該搭配富有光澤的白色絲巾，耳環也不該選這種款式，低調的珍珠耳環可以發揮出色的點綴效果。」

她立刻走進附近一家高級精品店。

店員一看到美彌，立刻恭敬的深深一鞠躬說：「歡迎您光臨。」無論聲音和態度都充滿了感嘆和尊敬。美彌第一次受到這種對待，之前一口氣買三個名牌包時，店員的態度也沒有這麼恭敬。

美彌發現，這是因為自己現在是「富家千金」的關係，每個人遇到真正的富家千金時，都會發自內心的臣服。

美彌心情愉快的在店裡逛了起來，最後挑選了一副低調奢華的耳環和一條蠶絲絲巾。雖然不是她原本喜歡的配件，但很適合目前的自己。然後，她又走進另一家店，買了一雙搭配洋裝的高跟鞋。鞋跟不會太高，但可以把腿部線條襯托得很美。

她又去了髮廊，剪去一頭波浪長髮，變成優雅的短髮造型。

美彌在每一家店都得到了最棒的稱讚，每個人都發自內心的說：「太美了，很適合你。」美彌越來越有自信，覺得明天的餐會一定可以很順利。

「看著吧，明天一定會讓阿篤的父母喜歡上我，讓他們覺得我是最理想的媳婦。」

美彌發出「呵呵呵」的優雅笑聲，走向另一家店。

隔天，美彌如約前往飯店的餐廳，渾身散發出優雅的氣質，說話也溫柔婉約。

「伯父、伯母，我是阿篤的女朋友葛城美彌。」

聽了美彌的自我介紹，阿篤的父母都驚訝得瞪大了眼睛。

美彌在內心竊喜。

「第一印象完美無缺。只要繼續維持這種狀態，就可以搞定他們！」

但是，美彌還不知道千金小姐可可真正的威力，在開始吃飯後，這種威力才充分發揮出來。

這一天他們吃的是法式全餐，光是叉子和湯匙就各有三個。如果是以前，美彌光是看到這些餐具就會陷入崩潰。「為什麼會有這麼多？我到底要用哪一個？」

但她已經喝了千金小姐可可，根本不需要為這種問題煩惱，她很自然的先拿起最外側的刀叉，用餐禮儀完美無缺。

美彌動作優雅的用餐時，阿篤的媽媽開口了。

「我最近很迷歌劇，美彌，你喜歡鑑賞歌劇嗎？」

「不，很遺憾，我沒有實際看過歌劇表演，但經常聽CD。」

「哎呀，是這樣啊，我最喜歡『魔笛』。」

「對啊，『夜后』簡直妙不可言，花腔女高音銀鈴般的歌聲，技巧簡直絕妙。」

「你很瞭解歌劇。」

「不、不，略懂皮毛而已。」

「那羅西尼呢？有沒有喜歡他的什麼曲子？」

「雖然他最有名的就是『塞維亞的理髮師』，但我更喜歡『賽密拉米德』，因為有不少富有動感的歌曲。」

美彌面帶微笑的回答，但在內心驚訝得張大了嘴巴。因為聽到「歌劇」這兩個字之後，她的嘴巴自動說出了這些話，就和剛才使用餐具一樣自然而然。

「千金小姐可可真是太厲害了！」美彌在內心歡呼起來。

和阿篤父母見面的餐會非常成功，美彌聽到阿篤的父親對他說「你女朋友很不錯」時，忍不住笑了起來。

這下子清除了所有的障礙，離結婚終點只剩下一小步。

吃完飯，美彌和阿篤向他的父母道別，一起回到兩人同住的公寓。

「今天的餐會太棒了，你的父母人真好，以後應該也可以和他們相處愉快，真是太高興了。」

美彌滿心歡喜，但一直板著臉的阿篤小聲對她說：

「美彌，你別再用這種語氣說話了。」

「哎喲，為什麼？」

「一點都不適合你，你好像不再是你了。」

「真沒禮貌，你到底哪裡不滿意？現在的我，簡直就是個完美無缺的淑女，完全可以和你匹配。」

「夠了！」

阿篤突然大聲咆哮，美彌被他激動的樣子嚇了一跳。

「你……你怎麼了？」

「什麼匹配，什麼完美無缺，我不希望連女朋友都把這種話掛在嘴上！為什麼會這樣……算了，別再說了。美彌，我們分手吧。」

阿篤突然這麼說，美彌忍不住大吃一驚。

「分手？你剛才說分手？為什麼？」美彌目瞪口呆得說不出話。

阿篤用一臉快哭出來的表情說：「我喜歡你的真誠坦率，但現在的你和我媽沒什麼兩樣，和她一樣裝腔作勢，故意炫耀自己很有教養，隨時在意他人的眼光！」

「阿、阿篤……」

「美彌，我告訴你，從小到大無論是讀哪所學校，交什麼朋友，

學什麼才藝，都是我媽為我決定一切，所以我希望至少可以自己挑選結婚對象。你之前和我媽完全相反，我就是欣賞你這一點……我不希望娶一個像我媽一樣的人。所以……美彌，我們到此為止。」

「怎麼會……」美彌臉色發白。自己為了博取阿篤父母的歡心，才喝了「千金小姐可可」，沒想到竟然反倒被阿篤討厭，怎麼會有這樣的結局？根本不是完美結局嘛！

美彌央求阿篤，希望他可以回心轉意。

「阿篤，你這樣太自私了。如果你不喜歡我這樣說話，我可以改，所以不要和我分手，不要拋棄我，求求你！」

「對不起，我沒辦法……這棟房子就送給你，這裡的東西也全都留給你，我什麼都不要了，再見。」

阿篤匆匆離去，把美彌留在那裡。

美彌腦筋一片空白，沒想到在最後的緊要關頭，竟然讓阿篤逃出了手掌心……

這棟房子和以前買的衣服、首飾都屬於自己，但她一點都不高興，內心充滿了苦澀的後悔，簡直就是眼睜睜看著到嘴的肥肉又飛走了。

「我以後……要怎麼活下去？」

沒有人可以回答她這個問題。

3 虛擬徽章

凶惡的野獸澤格里安步步逼近，讓人聯想到獅子的巨大紅色身體，因為憤怒而浮現出紫色斑斕的花紋，披散的黑色鬃毛上流竄著青白色的電流，如果被牠擊中，必定小命不保。

但是薩姆索並沒有感到害怕，他把敵人引過來之後，施展了障眼魔法。刺眼的光彈射出去，澤格里安停了下來。

「趁現在！對準牠的喉嚨展開冰系攻擊！」

隨著薩姆索一聲令下，八名夥伴同時展開攻擊。大家一口氣釋放了剛才預留的力量，對澤格里安一陣猛打。

薩姆索看到澤格里安快要清醒了，又再度施展魔法。這次用的是迷惑魔法「警笛霧」。這個魔法也用得恰到好處，澤格里安被迷惑了，愣在那裡發出呻吟。

「這下子又爭取到三十秒的時間！召喚獅子丸、金剛石的僕人攻擊牠！目黑目白，增強攻擊力！」

「收到！」

其他夥伴按照薩姆索的指示展開了行動，沒有人抱怨，也沒有人不聽從指揮，所有人都很相信隊長薩姆索，而薩姆索也覺得不能辜負大家的信賴。

薩姆索冷靜的等待那一刻。

等待已久的瞬間終於到來，澤格里安的眼睛突然變得混濁。

機會來了！趁牠防禦力只剩下原來的十分之一時，把牠「送入陰曹」！

薩姆索用剩下的所有魔力，召喚出終極白魔術「獵戶銀弓」，射出了銀箭。

巨大的銀箭宛如流星，射進了澤格里安的喉嚨。

「吼噢噢噢噢噢噢！」

澤格里安發出巨大的叫聲，龐大的身軀用力搖晃，然後重重倒在地上。

任務完成！

所有人都跳了起來。

「哇，好厲害！太好了，原來我也可以打倒澤格里安，太感動了！」

「太高興了！這簡直太棒了！」

「可以用這次的獎金購買想要的武器了！這一切都是隊長的功

勞！」

「沒錯沒錯，超厲害！簡直就是神！我太尊敬您了，薩姆索神！」

「薩姆索神！薩姆索神！」

看著夥伴的訊息占滿整個電腦螢幕，阿悟感到非常滿足。

遊戲上的薩姆索其實就是桑田悟，他今年二十一歲，目前是「繭居族」——他已經四年沒有踏出家門一步，總是白天睡覺、晚上玩遊戲，在別人眼中，他可能就是所謂的「魯蛇」。

但是，在線上戰鬥類遊戲「神獸的黃昏」就不一樣了。他沒有自己的團隊，每次都以救援身分加入弱小的團體，帶領他們升級。薩姆索打倒了一個又一個凶惡的怪獸，所向無敵。

漸漸的，他在「神獸的黃昏」遊戲世界中被稱為「薩姆索神」，打響了名號。

沒錯，在這個遊戲的世界中，他是偉大的神——薩姆索神。

阿悟最喜歡完成任務的那個瞬間。在廣闊大地上奔跑的爽快感，和夥伴一起挑戰冒險的合作無間，以及打倒強敵怪獸時的成就感雖然都很棒，但最棒的還是這一刻。他在現實生活中，絕對無法體會到受大家感激、被大家稱讚的感覺。

阿悟心情愉悅的敲著鍵盤，發出「下次要不要一起去攻打『邪眼神波坦狼』？」的訊息，沒想到夥伴的反應並不熱烈。

「不要啦，這有點……」

「連續挑戰S級有點吃不消。」

「小弟明天還有事，今晚就先退下。」

「薩姆索神，改天再找你幫忙。」

「晚安！」

夥伴一個又一個從螢幕上消失，紛紛退出了遊戲。

最後只剩下阿悟一個人，用力咬著嘴脣。

「哼！搞屁啊，好心讓他們有機會和我一起去打波坦狼……看來差不多該和這個團隊說拜拜了。」

阿悟專門幫助弱小團隊和新手，因為可以從中體會到「別人需要自己」的滿足感，所以當隊友稍微變強之後，阿悟就會開始不爽。這種不被需要的感覺，在現實生活中已經充分體會了。

「和這幾個成員一起玩了超過三個月，差不多該見好就收了。再找新的成員組隊吧，也要讓他們體會一下，少了我之後他們的戰力有多弱。」

阿悟登入遊戲論壇，想要尋找正在募集成員的團隊，但他的肚子在這時咕嚕叫了一聲。

「完了。」

一看時鐘，已經深夜兩點了。他從晚上八點開始一直玩遊戲，連飯都忘了吃。

阿悟離開電腦，打開了房間的門。

走廊地板上有一個托盤，上面放著便利商店的便當和保特瓶裝的可樂，還有一袋新上市的洋芋片和漫畫雜誌，這些都是阿悟要求父母買的。

想要什麼東西就寫在紙上，然後放在房間門口，家人就會為他買好，放在他房門前。

家人起初對阿悟整天待在家裡感到很擔心，但現在似乎已經放棄，既不抱怨，也不再發脾氣，任由他去的做法讓阿悟也鬆了一口氣。

阿悟拿著托盤走回房間，狼吞虎嚥的吃著已經冷掉的炸豬排便當，大口喝著已經不冰的可樂。

吃完之後，他又拿起了洋芋片。

「嗯？這是什麼？」

他在洋芋片袋子下面發現一顆透明的塑膠球，裡面好像有什麼東西。塑膠球旁邊還附了一張小紙條，是弟弟雄平的字跡：「哥哥，這個放在信箱裡，是不是你的？」

阿悟喜歡看動畫，有時候也會要求父母幫他買公仔，所以雄平以為這顆塑膠球是他的。

「我才沒有要他們買這個。」

阿悟在說話時打開了塑膠球，因為他很好奇裡面裝了什麼。

塑膠球內有一枚徽章，是那種一百元就可以買到的鋁製徽章，只不過顏色是金幣般鮮豔的金色，就像是動畫或漫畫中給英雄的獎牌。

阿悟用力吞著口水。

「看、看起來還不錯嘛。」

豈止是「不錯」而已，他才看了一眼，就愛上了這枚徽章。

他覺得這枚徽章比世界上任何東西都有價值，應該屬於自己。

阿悟感覺有一股力量在引導他把徽章戴在自己胸前，他覺得應該要這麼做才行。戴在身上之後，他才突然回過神。

「我在幹麼啊？」

只有幼兒園的小鬼才會為這種徽章感到高興，然後戴在身上，但他無法把徽章拿下來，因為他真心覺得不可以這麼做。

無奈之下，他只好不去在意徽章的事，再回去電腦桌前玩遊戲，但是當他的手指碰到鍵盤時，一道白光閃過，他感到一陣目眩。

隔了一會兒，視力才終於恢復。

「怎……怎麼回事？」

阿悟忍不住驚叫起來，因為他發現自己竟然站在一片遼闊的草原上，綠油油的草隨風搖曳，鳥兒在天空飛翔。

「我知道這裡是哪裡。」

這是他玩遊戲時看過幾千次的景色，但自己不可能出現在裡頭，不可能會發生這種事才對啊。

這時，胸口響起一個聲音。

「冒險者，歡迎來到『神獸的黃昏』世界。」

「哇！」

阿悟嚇了一跳，忍不住向後仰。

「剛才的聲音，是不是從我胸口傳出來的？」

阿悟低頭看著自己的身體，感覺驚魂未定。

他發現自己不知道什麼時候已經換了衣服，原本那身皺巴巴的灰色舊運動衣不見了，換上了綠色的軍服和棕色長褲，腰上繫了一條掛著小腰包的腰帶，腳上還穿著皮靴，只有胸前那個金色徽章仍然在那裡。

「這……不是『神獸的黃昏』的初期裝備嗎！」

「沒錯。」

胸前再度響起一個聲音。沒錯，就是那個金色徽章發出的聲音。

「呃！」

「我是虛擬徽章，是帶領你來到虛擬世界的引路人，專門向想要逃離無聊的現實，活在遊戲世界的人提供服務。」

「真、真的嗎？」

阿悟以為自己在做夢，忍不住捏了自己的臉——臉頰很痛。

「這不是夢！我真的進入了遊戲的世界！」阿悟心想。

「真的假的……我、我該怎麼辦？」

「從現在開始，你會活在這個世界裡，你可以打倒這個世界的妖魔，變得越來越強，並靠這個賺錢、買房子，贏得他人的尊敬。」

「……」

「如果你想回到現實世界，只要把我拿下來就好。如果有什麼不瞭解的事，請隨時問我。」

阿悟抬起頭打量周圍。

「初始平原」——尤雷德西亞，之前不知道有多少次想來到這個世界，如今終於夢想成真了。

要回去嗎？回到毫無意義的現實世界？「我才不要！雖然不知道發生了什麼奇蹟，但怎麼可以輕易放棄這個機會？我不會再回去！要一直留在這裡生活！」

「太棒了！」當他開心的歡呼時，一旁的草叢搖晃了一下，怪獸出現了。那是有一身鮮紅毛皮的三眼野豬，體型很龐大。

阿悟緊張了一下，但立刻恢復了鎮定。

「原來是紅魔。」

這是尤雷德西亞裡很常見的小怪獸，只要使用火炎魔法，就可以把牠炸死。

但是那些平時常用的咒語，阿悟突然連一個都想不起來。

「喂、喂……怎麼回事？徽章！我想不起咒語！」

「是的，你目前是等級一，在這個遊戲狀態下，無法使用任何咒語。」

「等級一？我的等級明明已經到九十三了！」

「那是進入這個世界之前，你分身的紀錄，並不是你本尊的紀錄。你在這個遊戲世界的人生才剛開始。」

「不會吧？我被重置了嗎？」

「是的。」

「怎麼不早告訴我？」阿悟向徽章抱怨。在等級一的狀態下，就算面對紅魔也是很危險的。

阿悟撿起腳下的樹枝，心想這樣攻擊力應該可以升一級。

正當他這麼想時，紅魔撲了過來，阿悟整個人被打飛出去。

「哇啊！」他覺得好痛，那是以前從來沒有體會過的疼痛。

雖然疼痛很快就消失了，但阿悟臉色發白，沒想到受到攻擊時真的會感到痛楚。

這樣就不能鬆懈了，絕對要避開攻擊，他才不要體會疼痛。

阿悟重新拿起樹枝面對紅魔，他對紅魔的行動瞭若指掌。「別人叫我薩姆索神可不是叫假的！」他可是在這片尤雷德西亞平原上玩了好幾百個小時呢。

「來啊！看我怎麼收拾你！」

他說到做到，很快就打敗了紅魔，而且完全沒有受傷。他知道打敗紅魔後，自己腰上的腰袋裡會增加兩枚金幣和一根藥草。

「太好了，越來越有感覺了！」

阿悟頓時渾身是勁，在平原上奔跑，打倒一個又一個等級較低的怪獸。

他為能夠真實感受遊戲世界感動不已。腳下的地面和草摸起來的感覺，還有草木的氣味都是真的。他蒐集了平原上的藥草和蕈菇，還品嚐了一下，雖然味道有點苦，但是口感很清新。

累了他就吃從怪獸那裡搶來的麵包和肉乾恢復體力，這些食物效果驚人，而且很好吃。麵包就是麵包的味道，肉也有肉的味道。這些事讓他高興不已，因為他可以真真切切的感受到，這個世界是真實的。

只不過在面臨戰鬥時，他卻有點不滿。

因為他的等級現在還很低，所以戰鬥時無法大顯身手。雖然不會再像第一次遇到紅魔時那樣遭到正面攻擊，但有時候會受一點傷，而且每次都會感受到像刮傷般的疼痛。

阿悟覺得虛擬徽章在這部分的設計上，應該不需要有真實的體驗。不過現在被怪獸打到真的會痛，所以他會格外小心謹慎，即使知道疼痛很快就會消失，還是會畏縮。

現在他的金幣越來越多，也得到了很多道具。

「差不多可以去村莊了。」

尤雷德西亞平原附近有一個名叫科博克的村莊，初期玩家都會把那裡當成據點，再慢慢升級，擴大行動範圍。

來到村莊後，已經有幾個玩家在那裡，他們都是現實世界玩家的分身，是由玩家操控的角色。

阿悟試著向其中一名女獵人打招呼。

「你好，我是阿悟。」

「你好，我是愛琳。」

這個女獵人的頭上浮現出斷斷續續的文字——她打字的速度似乎很慢。

「我第一次玩這個遊戲……所以有點不安。」

「那要不要和我一起去冒險？」

「啊！可以嗎？好啊、好啊！」

看到她興奮的回答，阿悟也忍不住高興起來。愛琳是來他到這個世界之後，第一個結交的夥伴。

「愛琳，你等一下，我去把裝備升級一下。」

因為剛剛打敗了很多雜碎怪獸，所以口袋裡有不少金幣。阿悟去旅館恢復了體力，又去道具店買了食物。

接下來要去武器店。這個村莊的武器和防禦裝備都很低階，等到去下一個城鎮，就可以買到更高級的東西，這種升級過程也是遊戲的樂趣之一。

他買了看起來最好的劍和盾，然後回到愛琳身邊。

「讓你久等了，我們出發吧！」

「好，請多指教！」

接下來的三個小時，阿悟和愛琳聯手在平原上打怪獸。愛琳還很不會玩，有時候反應很遲鈍，幸好阿悟及時救援，所以兩個人都沒有被怪獸打死，順利升到了第二級，阿悟也學會了一個魔法，愛琳則買了一把很出色的武器。

「阿悟，你真厲害，什麼都知道。」

「還好啦。」

「不，你真的很厲害。如果沒有你，我根本沒辦法升級。啊，真希望可以繼續和你一起玩，但我明天要去上學。啊，對了，我是高中生。」

「喔，是喔。」

「嗯，雖然學校真的很煩，但還是要去上學。阿悟，我們明天晚上再一起玩，那我就下線囉。」

愛琳說完之後就消失了，阿悟頓時感到寂寞和憤怒。

「搞屁啊，沒想到愛琳也只是業餘玩家。」

阿悟下定決心，以後再也不和愛琳一起玩了。

既然要找搭檔，就必須找像自己一樣對遊戲上癮的人，但那些玩家的級別都很高，所以必須趕快追上他們。

阿悟忘我的在遊戲世界裡奔跑，他不需要睡覺，只要在旅館的床上躺一下，馬上就恢復了體力。所有時間都可以用來玩遊戲，這簡直讓阿悟樂翻了。

「這裡真的太棒了！」

他日復一日的挑戰冒險，打敗怪獸，得到獎金和稀有的道具。這就是他的工作，實在太有意義了。

以前被捧為薩姆索神累積的知識和技巧，發揮了很大的作用。

他從來沒戰死過，一路過關斬將，升到了四十二級。到了這個階段，就可以挑戰B級怪獸。

阿悟決定接受委託，討伐女怪鳥黑露米婭。但是他無法單槍匹馬挑戰，所以邀集了三名夥伴一起踏上冒險之旅。

在前往目的地的途中，阿悟和夥伴聊了起來。

其中一名夥伴是矮人鐵匠達格，有他的加入可以提升所有人的武器攻擊力。

另一名夥伴是聖騎士精靈諾溫，他懂得使用恢復魔法。

第三名夥伴是山貓族的科麗奈，有著紅色的貓頭、人的身體，打扮像女巫，擅長奇襲和協助隊友。

阿悟是重視攻擊的魔劍士，這個團隊的組合很協調。

雖然這些成員的等級都不低，但其他人都是第一次挑戰黑露米婭，所以阿悟鼓勵大家不必擔心。

「黑露米婭雖然體力很好攻擊力也很強，但只要瞭解牠的行動模式，想打敗牠並不困難。你們只要聽從我的指揮，絕對可以成功獲勝。」

「喔，真是為我們打了一劑強心針啊。」

「那就由你當隊長，拜託了。」

「放心交給我吧。」

阿悟充滿自信。他以前是薩姆索神的時候，就曾經打敗過黑露米婭好幾次，這次一定也要在沒有任何夥伴死亡的情況下打敗黑露米婭。

阿悟神氣十足的帶著夥伴進入螢火洞窟。

黑露米婭就在那裡，牠是一隻全身布滿藍色鱗片的大鳥，但上半身卻是一個美女。

黑露米婭甩著一頭黑髮，發出刺耳的尖叫聲，大家頓時動彈不得。這是用聲音把人困住的招式，但阿悟記得以前黑露米婭並沒有這一招。

「慘了！難道遊戲更新了嗎？」

遊戲公司有時候會進行維護和更新，讓遊戲的世界更完善，還會為怪獸增加新的要素或招數。

沒想到黑露米婭也更新招數了。

阿悟和其他人都慌了手腳，黑露米婭擺動著翅膀，上頭的鱗片就像飛鏢一樣飛了過來。

「嗚呃！」

鱗片刺到阿悟的身上，他忍不住慘叫一聲。他第一次覺得這麼痛，而且發現自己的體力一下子被奪走了。

「諾溫，趕快幫我恢復體力，幫所有人恢復體力！」

「知道了！」

諾溫想要使用恢復體力的咒語，但黑露米婭撲了過來。

「不會吧？用翅膀攻擊之後，不是會有十秒鐘的停頓，只會原地拍翅膀而已嗎？」

原來這一點也在遊戲更新時修改了。

諾溫立刻被黑露米婭打倒。

接著，達格也被打飛，離開了這場冒險。

目前只剩下阿悟和科麗奈，兩個人的體力都所剩不多了。

「阿悟，怎麼辦？」

「先、先撤退！我們先離開洞窟恢復體力！」

阿悟和科麗奈逃出洞窟，但黑露米婭追了出來。

這時，黑露米婭突然吐出紫色的口水，剛好擊中阿悟的後背。

「啊！」

阿悟覺得後背痛得好像燒起來一樣，而且剩下的體力也迅速消耗。他陷入了中毒狀態。

他沒有解毒劑，照這樣下去，很快就會死掉。

「不，不必著急，就算死了還是可以復活。雖然之前賺的金幣會少一半，但只要繼續挑戰，很快就可以賺回來。」阿悟想到這裡，準備接受死亡的命運。

「如果你現在死了，就真的完蛋了。」這個聲音直接進入了阿悟的心臟。這是他來到這個世界之後，第一次聽到真實的聲音。

「啊？」阿悟忍不住看向科麗奈。

科麗奈朝黑露米婭舉起一隻手，用阿悟以前從來沒有見過的紅光制止了牠的行動，而且外形也變得和之前完全不一樣。

科麗奈的外型突然改變，變化成另一個女人的臉，留著一頭白髮，原本的女巫裝扮變成了紫紅色的和服，有一枚虛擬徽章在她的胸前閃閃發亮。

剛才還是科麗奈的女人，在阻擋黑露米婭後轉頭對阿悟說：「在虛擬遊戲中，死亡真的是小事一樁，是一種刺激，可以死很多次，也可以一次又一次復活，這在現實的世界中，絕對無法做到。但是……現實世界比這個遊戲的世界更安全，至少對你來說是這樣。」

「啊？」

「不要忘了，現在這個世界對你來說就是現實，你的靈魂和肉體都在這裡，如果你在這裡死了，就無法再復活了，這是天經地義的事。所以，你真的想死嗎？」

阿悟內心湧起以前從來沒有體會過的恐懼。「我會死在這裡？不能復活了？不要、不要、不要！」

「我不想死！救命啊！」

「那就把虛擬徽章拿下來，這樣就可以避免死在這裡。但請你瞭解一件事，一旦拿下虛擬徽章，就無法再使用第二次。」

「沒關係。」阿悟勉強抬起中了毒的手臂，無論如何，就這樣死去未免太可怕了。

為了免於一死，阿悟用力從胸前扯下虛擬徽章。

下一剎那，阿悟回到了自己房間。他看著堆滿垃圾、光線灰暗的凌亂房間，吃完的便當盒和可樂瓶仍然丟在地上，一切都和原來一樣。但他認為剛才的一切不只是一場夢，而是真實發生的事。

阿悟的身體忍不住抖了一下，他滿身大汗，無法忘記前一刻死亡向自己逼近的感覺。

自己為什麼會想活在遊戲的世界啊？玩遊戲和自己親自去冒險完全是兩回事。

阿悟看著桌上的電腦，螢火洞窟的黑露米婭又在螢幕上動了起來，黑露米婭看著他，用嗜血的雙眼瞪著阿悟。

阿悟感到毛骨悚然，慌張的關了電腦。

他不想再玩遊戲，以後恐怕也無法再享受虛擬世界的樂趣，他甚至連看到房間內有電腦，就忍不住害怕了起來。

「電腦是那個可怕遊戲世界的入口，必須趕快丟掉才行。」阿悟急忙拔掉插頭，把電腦抬了起來。

同一時刻，一個身穿和服的女客人，在街角的網咖內緩緩站了起來，她手上拿著兩枚金色的虛擬徽章。

「真是受不了，好不容易回收了虛擬徽章，但還有很多被偷走的商品，無論如何都要找回來才行。」

女人打起精神，走出了網咖。

4 黑暗中的男人

一個巨大的影子向男人撲了過來。

男人拚命奔跑，卻怎麼也逃不掉。

目光炯炯的雙眼漸漸逼近，披散的白髮蔓延，鮮紅的嘴唇露出可怕的笑容。

「糟糕，會被她抓住！」想到這裡，男人頓時醒了過來。他剛才在大馬路旁的岔路，坐在行動冰箱上不知不覺打起了瞌睡。

「可惡，竟然做了惡夢，真是太不吉利了。」

男人嘆著氣，擦了擦額頭上的汗水。

「也許剛才的夢是預告。敵人可能正在步步逼近，即使是這樣，現在也不能半途而廢。」

男人癟著嘴。

「竟然把我送去坐牢……我一定要報這個仇！」

他想起仇人的臉，內心充滿了憤怒和懊惱，同時也想起了自己的同夥。

「不知道那傢伙的情況順不順利……」

男人覺得一定沒問題。人不可貌相，那個夥伴實在很厲害，竟然能讓原本在坐牢的自己恢復自由。

第一次見到那個人時，男人嚇了一跳，因為他在深夜裡突然出現在男人的獨居房，還說希望可以找男人幫忙。

男人還在驚訝那個人是怎麼躲過監視，來到自己獨居的牢房，對方卻開口說自己有一個仇人。

聽到他說的名字，男人再度驚訝不已，因為男人也認識他口中的人物。不，不僅認識，那個人還害自己坐牢，所以也是每天晚上讓男人恨得牙癢癢的仇敵。

男人立刻一口答應。只要能夠向她報仇，自己可以做任何事。

那個人聽了他的回答，立刻把他帶離監獄，並先帶他去一條暗巷。他按照那個同夥的指示，破壞了暗巷內的自動販賣機，偷走裡面所有的飲料。

接著，他們又潛入一家看起來很普通的超市，從一臺扭蛋機裡偷走了所有的扭蛋。

同夥笑了起來。

「這樣就搞定了。你負責處理那些飲料，盡可能找一些看起來很不滿的人賣給他們，我會四處發送這些扭蛋。」

到時候，他們共同的仇敵就會忙得團團轉。

同夥說完，就帶著扭蛋消失了。

那天之後，男人就沒有再見到同夥，但他相信同夥的行動一定很順利。他也要好好努力，輸人不輸陣，要找到客人，把偷來的飲料賣出去。

站在岔路的男人注視著來往的行人，他的眼神就像是在尋找獵物的獵人……

5 帥哥面具

「哈啊啊啊。」菜穗子打了一個大呵欠。「好無聊啊……」

這是個小學附近的小派出所，菜穗子是個二十六歲的年輕警察，也是整天無所事事的警察。

每天除了在小學生上學時做一下導護工作，管理一下交通秩序，協助迷路的人和保管失物以外，根本沒事可做。

「真想去可以大展身手的派出所。」

她想著這些事，坐在桌前發呆。

「有人在嗎？」

菜穗子聽到有人輕輕呼喚的聲音，連忙站了起來。

抬頭一看，一個背著書包的女孩站在派出所門口。她看起來像是一年級或二年級的學生，綁了兩根麻花辮，手足無措的注視著菜穗子。

菜穗子用溫柔的語氣問她：「有什麼事嗎？是不是迷路了？」

「不、不是，我撿到了一個東西。」

女孩說著，害羞的遞給她一個棒球大小的塑膠球。

是這個啊。菜穗子忍不住在心裡想著。

這應該是只有兩、三百元的扭蛋機玩具，即使交給警察，恐怕也很難找到失主。

但是女孩臉上的表情很嚴肅，她一定是覺得要把撿到的東西交給警察，所以才特地來派出所。這種認真的態度令人欣慰。

菜穗子也一臉嚴肅的點了點頭說：「謝謝你，遺失的人一定在找這個，所以先保管在派出所。」

「好！」

女孩紅著臉點了點頭。她似乎是個害羞的女孩。

「那我們先來填單子，可以請你說明一下情況嗎？」

「說明一下情況？」

「請告訴我你是在哪裡撿到的，還有你的名字和聯絡方式。如果找到了失主，才可以通知你。」

「喔，這樣啊。」

女孩名叫津川萌美。

「我在磯子小學讀二年級。」

「原來你叫萌美啊。」

菜穗子在收據上寫了拾得者的名字。

通緝公告
尋貓

「萌美，請問你是在哪裡撿到的？」

「在放學回家的路上……就是有麵包店和便利商店的那條路。」

「喔，我瞭解了，是不是有一家小鐘錶行的那條路？」

「對，我就是在那裡的郵筒前撿到的。」

「這顆塑膠球掉在那裡嗎？」

「不是，貓在玩。」

「貓？」

「對，一隻很大的黑貓。」

萌美告訴菜穗子，那隻黑貓慢慢推著塑膠球往前走。

「我想那應該是某個人掉的，覺得要送來派出所，所以就撿了起來。那隻貓看起來很捨不得，牠一直喵喵叫，好像要我把塑膠球還給牠，而且還跟著我走了很久。」

「這樣啊。」

「嗯，牠玩得很開心，我是不是不該這麼做？」

萌美露出沮喪的表情，菜穗子趕緊安慰她說：

「沒這回事，你把別人的遺失物送來這裡，是值得稱讚的行為，那隻貓應該很快就會找到其他玩具。萌美，真的很謝謝你，你立了大功喔。」

「真的嗎？」萌美開心的笑了起來。

「好，單子的其他部分由我來填寫，你可以回家了。太晚回家的話，大人會擔心。」

「好，警察阿姨再見！」

「好，再見。」

菜穗子站在門口，目送萌美在街角轉彎後，準備走回派出所。

這時，她嚇了一跳，看見一隻貓站在不遠處。

那是一隻黑貓，一身黑得發亮的毛很迷人，還有一雙深邃的藍色大眼睛，目不轉睛的看著派出所。

菜穗子和黑貓四目相對了一下，接著黑貓就跳進圍牆內不見了。雖然只是一隻黑貓站在圍牆上看著這裡，但是菜穗子卻目瞪口呆，她有一種不可思議的感覺。那隻黑貓和萌美剛才提到的黑貓是同一隻嗎？

「牠該不會是來這裡追塑膠球的吧？如果是這樣的話……裡面是不是有什麼特別的東西？是木天蓼嗎？」

菜穗子好奇的回到桌前，決定打開塑膠球察看。為了方便失主認領，警察也要確認一下裡面到底是什麼東西。

打開塑膠球一看，裡面裝了個意想不到的東西，它是用橡膠做的白色面具。

雖然說是面具，但並不是那種硬梆梆的面具，而是薄薄的、富有彈性，眼睛、嘴巴和鼻子的部分挖了洞，有點像是一般女人為了保養皮膚用的面膜。

「喔，原來現在還有這種玩具。」

菜穗子原本以為裡面裝的是小公仔或是手機吊飾之類的東西。她拿在手上仔細打量時，突然很想把面具戴在臉上看看。「戴一下就好，只戴一下然後馬上放回塑膠球，應該不會有什麼問題。」

菜穗子攤開面具拿到臉前，面具好像被吸過去般貼在臉上。面具冰冰涼涼的很有彈性，包覆了整張臉。

「好舒服啊，感覺皮膚會變好！」

面具很快就和臉部貼合，完全不會感覺到自己臉上貼了什麼東西。

過了一會兒，菜穗子想把面具拿下來，沒想到——

「咦？咦咦？」

面具消失了。她摸遍整張臉，都只摸到自己的皮膚。那個面具剛才的確貼在臉上，現在竟然消失了，難道它是會被皮膚吸收的面膜？

哇，這下子慘了！失物消失非同小可，如果被主管知道，一定會被痛罵，搞不好還會受到處罰。

著急的菜穗子想去廁所的大鏡子前看一下，確認面具到底去了哪裡，沒想到這時剛好有人走進派出所。

「不好意思，我可以問一下路嗎？」

菜穗子轉頭一看，發現一個年輕女人站在門口。

「啊，不、不好意思，我這就過去。」

菜穗子暫時放下面具的事，跑到女人面前。

「請問你要去哪裡？」

「……」

「喂？哈囉？」

「……」

女人沒有回答，只是目不轉睛的盯著菜穗子的臉，她的眼神迷濛，好像正在做夢一樣。

「哈囉？你還好嗎？」

「呃、喔……」

女人終於回過神，臉一下子紅了起來。

「啊、啊，不好意思……我是來做什麼的？」

「啊？你不是迷路了嗎？」

「對、對！沒錯！我想去岡村商店街。」

「喔，那條商店街就在附近。沿著這條路直走到底，然後往左轉，馬上就看到了。」

「謝謝你，太感謝了！」

女人一直緊緊握住菜穗子的手，而且目不轉睛的看著菜穗子的臉。

菜穗子忍不住覺得有點害怕，但她是警察，必須要以禮相待。

「希望你有美好的一天，路上請小心。」

菜穗子露出笑容，把手抽了出來。

女人頻頻回頭，依依不捨的離開了。

「這到底……是怎麼回事？」

菜穗子偏著頭納悶，準備走回派出所內，卻突然感覺到強烈的視線。

在馬路上聊天的婆婆媽媽都看著她，不光是這樣，就連那些放學回家的女高中生、幼兒園的小女生也都看著菜穗子，而且她們的眼神非比尋常，被注視的感覺異常強烈，菜穗子有點招架不住。

「這是怎麼回事？為什麼大家都這麼看我，難道我的臉有什麼問題嗎？」這時，她才終於想起剛才的面具。

「慘了，那個面具還沒有拿下來！雖然剛才以為被皮膚吸收了，但可能有些部分還留在臉上。」

她急忙衝進廁所，然後看著洗手臺的鏡子說不出話來，因為鏡子中出現了一張菜穗子完全不認識的陌生面孔。

菜穗子是圓臉、大眼睛，長得很可愛的女生，她的男朋友正人說：「這正是你可愛的地方。」

但是，她此刻在鏡子中看到一張瘦長的臉，細長的眼睛、高挺的鼻子和薄脣，很協調的出現在臉上。

鏡子中的人美得令人難以置信，但是不知道為什麼，菜穗子並不覺得鏡子中的人是個美女，她腦海中浮現的都是「瀟灑」、「英俊」之類的文字。

那是一張絕世美男子的臉，會讓所有的女人著迷。菜穗子髮尾有點鬈的短髮，也完美襯托了那張臉。

看起來簡直就是無可挑剔的帥哥，就連菜穗子也忍不住看得出神，不過當她想起那是自己的臉，頓時嚇得臉色發白。

「不會吧？怎麼會這樣？」

她無法相信那是自己的臉。「怎麼辦？如果被正人看到，可能會說：『我沒辦法和長得這麼帥的女人交往。』不過……這張臉越看越覺得帥氣。」

她發現自己又不知不覺的看得出神了。

菜穗子連忙移開視線，努力思考眼前的狀況。這到底是怎麼回事？簡直就像是動了整型手術，換了一張臉。

「該不會是因為那個面具？是它的關係嗎？」

她記得塑膠球裡有一張折起來的紙條，也許紙條上寫了什麼。

菜穗子走出廁所，回到辦公桌前，從放在桌上的塑膠球中拿出紙條。原來那是一張說明書，上頭寫著：

希望女生喜歡自己，希望自己變帥，那你絕對需要這個夢幻終極武器「帥哥面具」。只要把「帥哥面具」戴在臉上，你就會一秒變帥哥，任何女人都會深深愛上你。如果直接貼在臉上會很難拿下來，所以在戴上面具之前，一定要先在臉上抹油，才能隨時把面具拿下來。記住一件事，長相無法決定人生的一切。

菜穗子一看完說明書，就整個人趴在桌子上。

「帥哥面具……可以變成帥哥的面具……」

怎麼會這樣？自己還以為是小孩子扮家家酒的道具，根本沒有想到會有這樣的效果。

而且如果在戴面具之前沒有抹油，就會很難拿下來？這麼重要的事，要寫得很大才行啊！

「不對，上面只有寫很難拿下來，並沒有說拿不下來，所以一定沒問題！」

菜穗子走去廁所，在洗臉臺前用力洗臉。她用肥皂在手上搓出很多泡沫，接著抹遍整張臉，在用水洗乾淨後，又拿起毛巾用力搓。

但是，她洗得皮膚都痛了，仍然洗不掉那張英俊帥氣的臉，反而變成了一個水嫩嫩的帥哥。

「如果一輩子都是這樣該怎麼辦？」

菜穗子發自內心著急起來的時候，外面傳來了吵鬧的聲音。

「這個時間到底發生了什麼事？」

菜穗子一走出廁所，頓時瞪大了眼睛。

許多人把派出所團團圍住，人潮從門口湧了進來，窗前也擠了很多張臉。

這些人全都是女人，有年老的婦女，也有年輕人，每個人一看到菜穗子，都拚命擠進派出所。

「警察，我遇到了麻煩，請幫幫我！」

「警察，我也有麻煩！」

「等一下，是我先來的！」

「警察！哇，好帥啊！」

「請幫我簽名！」

「請用手銬逮捕我！」

「警察！帥氣警察，把頭轉過來！」

「哇啊啊啊啊，太帥了！」

這些人狂熱的樣子，簡直就像看到了偶像或是電影明星。

「不，等一……大家稍安勿躁！我、我是女生，這張臉是假的，這不是我真正的長相！」

菜穗子大聲說明，但大家根本不理會她，全都拚命向她擠過來，想要看得更清楚，而且還不停用手機為她拍照。

消息似乎很快就傳了出去。

「這裡、這裡！就是這裡有一個超帥的警察！」

外面聚集的人潮越來越多。

這些人越來越興奮，人潮也越來越洶湧，菜穗子真的嚇壞了，她無法想像接下來的事態發展。

「啊！誰來救救我啊！」

就在這時，一塊像是布一樣的東西突然蓋在菜穗子頭上，接著便聽到有人大聲說話。

「啊！帥氣警察，你要去哪裡？」

「帶我一起走！等等我！」

「等等我！」

被布蓋住的菜穗子，感覺到外面的人潮漸漸遠去。

過了一會兒，剛才的喧鬧聲完全消失，周圍又恢復了安靜。

這時，有人對她說：

「沒事了，你可以出來了。」

聽到說話聲的同時，蓋在頭上的布也掀了開來。

菜穗子戰戰兢兢的抬起頭。

一位高大的阿姨站在眼前，她身穿和服、一頭白髮，手上拿了一塊很大的方巾。剛才似乎就是這塊方巾把菜穗子藏了起來。

派出所內只剩下這個阿姨，她看到菜穗子的臉，仍然表現得一派鎮定。

看到菜穗子緊張的四處張望，那個阿姨卻平靜的對她說：

「現在已經沒事了，因為其他人都去追替身氣球了。」

「替身氣球？」

「對，是你的替身，和你現在一模一樣的帥哥警察氣球，在把那些人帶走之後，氣球就會自動破掉，但這點時間就足夠了。」

阿姨說完，彎下身體看著菜穗子說：

「沒錯，果然很迷人。」

「啊！你不要看我！不可以看我！」

「不必擔心，因為我對再帥的帥哥都免疫。為了謹慎起見，我先請教你一個問題，你想繼續擁有這張帥氣的臉嗎？還是希望恢復原來的樣子？」

「我當然想恢復原來的樣子！但是有辦法做到嗎？」

「包在我身上，那就請恕我失禮一下。」

阿姨拿出一個水藍色的小瓶子，把小瓶子內的液體倒在面紙上，再用那張面紙擦遍菜穗子的臉。

「這樣就搞定了，你看一下鏡子。」

菜穗子拿起阿姨遞給她的小鏡子一看，看到了原本的圓臉，正人覺得很可愛的大眼睛也恢復了原狀。

「太、太好了！」

菜穗子忍不住哭了起來。

阿姨站在菜穗子的身後自言自語。

「不是幸運的客人來使用本店的商品，後果真的不堪設想。雖然身為老闆娘有義務要解決這些問題，但到處亂丟、亂賣本店的商品，真的很傷腦筋。不過……我已經快把壞蛋逼到絕境了，這點絕對錯不了。」

菜穗子沒有聽到阿姨的自言自語，她為自己終於恢復了原來的樣子高興不已。

菜穗子緊緊握著阿姨的手說：

「謝謝你！真、真的很感謝你，你是我的救命恩人！」

「你太誇張了，談不上是什麼救命恩人。」

「不，你真的是救命恩人！我不知道該怎麼感謝你！謝謝，真的很感謝！」

喵嗚。這時，響起了一個撒嬌的聲音。

菜穗子抬頭一看，一隻很大的黑貓正走進派出所。牠那長長的尾巴、一雙藍眼睛，以及一身黑得發亮的毛，一定就是剛才出現在圍牆上的那隻貓。

阿姨把黑貓抱了起來，開心的和黑貓耳鬢廝磨。

「墨丸，你立了大功，多虧你及時通知我，才順利解決了問題。」

「這隻貓……」

「喔，牠叫墨丸，是我店裡的招牌貓。就是墨丸通知我『帥哥面具』的扭蛋在你這裡，幸好在造成嚴重後果之前解決了問題，真是太好了。」

菜穗子拚命眨著眼，墨丸又喵嗚叫了一聲。

「啊，對了，要好好感謝把扭蛋送來這裡的人。墨丸，謝謝你提醒我。警察小姐，我想請教你一件事，可以嗎？」

阿姨回頭看著菜穗子，瞇著眼露出了笑容。

6 演講果汁

繪里香越想越煩。今天沒有鋼琴課，原本打算放學後找同學一起玩，結果放學後留在學校，這麼晚才回家。

「萌美這傢伙！為什麼朗讀都結結巴巴的！那不是超簡單嗎？」

繪里香在心裡大叫。

繪里香就讀的二年二班，班上即將舉行朗讀比賽，老師將全班分成好幾個小組，每一組各自選一個故事，由小組成員輪流朗讀。

老師會把從國外帶回來的硬幣送給得到第一名的小組，而且小組所有成員都可以得到一枚。

那枚硬幣上有海馬和貝殼的圖案，看起來超可愛，所以繪里香很想要得到那枚硬幣。

沒想到這次運氣很差，萌美竟然和繪里香同一組。萌美個性害羞很容易緊張，她抓不準朗讀的音調，聲音像是蚊子叫，而且還一直吃螺絲，簡直糟透了。更慘的是，她讀著讀著就會漲紅了臉，然後就讀不下去了。

無論練習多少次，萌美完全沒有改進，繪里香越來越不耐煩了。

繪里香原本就不喜歡萌美，無論是她傻傻的笑容還是害羞的個性都不喜歡。在為朗讀比賽開始練習之後，就變得澈底討厭她。而且明天就要比賽了，萌美一定會扯小組的後腿。

「如果沒有她，我們這一組一定可以得第一名。」

真希望萌美明天請假不來上學，不管是受傷也好、感冒也好，希望她生病不要來學校。

繪里香悶悶不樂的走在路上，突然聽到有人叫她。

「哈囉，這位看起來悶悶不樂的小妹妹。」

繪里香轉過頭。

2-22
通學路
文

一位陌生的叔叔站在不遠處，他的肩上背了一個很大的行動冰箱，正「嘿嘿」笑著看著自己。

「看起來是個怪叔叔！絕對不能理他！」

繪里香嚇得想要逃走，但那個叔叔接下來說的話卻讓她停下了腳步。

「如果有什麼不高興的事，要不要買叔叔的飲料？這是魔法飲料，可以消除你所有的不愉快。」

「魔法飲料？」

繪里香緩緩轉過頭，那個叔叔打開行動冰箱的蓋子，讓她看裡面的東西。行動冰箱裡有許多罐裝和保特瓶裝的飲料，感覺很好玩。

「沒關係、沒關係，這裡人很多，萬一有危險可以按下掛在書包上的警報器，別人就會來救我。我只是去看一下，看一眼應該沒關係。」繪里香緊緊握著警報器，戰戰兢兢的走向那個叔叔，打量著行動冰箱裡的飲料。

「濃密汽水」、「乖寶寶咖啡」、「哭哭牛奶」、「老太婆茶」、「時間檸檬汁」，每種飲料看起來都很奇怪，一看就覺得有問題，繪里香完全不想喝。

就在這時，她想到了一個好主意。

如果讓萌美喝這種有問題的飲料，讓她吃壞肚子，明天應該就不會來學校了。

繪里香覺得這個主意簡直太棒了，於是就從行動冰箱裡拿出一罐看起來最有問題的保特瓶果汁。裡面裝了很鮮豔的粉紅色和黃綠色液體，一看就覺得很難喝。

「我要這個。」

「很好、很好，雖然我想賣你一萬元，但你看起來沒什麼錢，所以算你一百元就好。」

「謝謝……」

「果然是怪叔叔。」繪里香心想。

她買完果汁後立刻逃離那個怪叔叔，直到跑到認為安全的地方，她才仔細打量手上的果汁。越看越覺得果汁的顏色很噁心，而且果汁很黏稠，搞不好已經壞掉了。如果真的壞了，那就太棒了。

繪里香竊笑著，決定在回家前先繞去萌美家。這時，萌美已經回到家了。

「哇，繪里香，你來找我玩嗎？」

萌美臉上的表情很開朗，剛才在學校練習朗讀時一直出錯，現在竟然就像什麼事也沒發生一樣。繪里香看了很生氣，但還是忍住脾氣露出笑容說：「嗯，是啊。你看起來很高興，有什麼開心的事嗎？」

「對啊！我跟你說，我之前撿到東西送去派出所，結果找到失主了。今天警察阿姨來我家告訴我，說失主很高興，所以送了吊飾給我，警察阿姨特地送來我家喔。」萌美開心的拿出一條吊飾。

繪里香瞪大了眼睛。那是一條有小貓公仔的吊飾，上面的黑貓穿著像歐洲騎士般的銀色盔甲，手上拿了一把小小的劍。無論是盔甲或劍都做得很逼真，簡直就像真的一樣。

繪里香忍不住嫉妒了起來，心想：「哼，裝什麼乖！有時間去派出所送失物，更應該好好練習朗讀才對。明明偷懶不練習，竟然還可以有這麼可愛的吊飾，真是太不公平了，我無法原諒她。」繪里香的心中湧起了怒火。

「萌美，可以把吊飾送給我嗎？」

「啊？」

「送給我嘛，好不好？我超喜歡這個吊飾。」

「但、但是……這是別人送給我的……」

「那這樣好了，我們來交換禮物吧，我也帶了禮物要送你。」

繪里香說完，把果汁遞給萌美。

繪里香下定決心，無論萌美再怎麼不願意，都一定要逼她收下，讓她喝下去。但其實沒這個必要，因為萌美看到那瓶果汁，立刻雙眼發亮。

「這是……哪來的？」

「我看到有人在賣很稀奇的果汁就買了，我是特地為你買的，因為我想明天的朗讀比賽可能會讓你很緊張，這瓶果汁很貴喔。」

繪里香強人所難的問：「怎麼樣？還是你不喜歡我的禮物？」

「不，沒這回事！這瓶果汁很棒，我超想要的！」

不知道為什麼，萌美似乎很喜歡那瓶果汁。「真是太沒品味了。」繪里香在內心嘲笑她。

「那我們來交換禮物，我們不是朋友嗎？」

「嗯，好。」萌美順從的把吊飾交給繪里香。

「謝謝，那我就先回家了，明天要好好加油。」

「嗯，我會加油。」

萌美心不在焉的回答，她似乎完全被那瓶果汁吸引了。

「哼！」繪里香嘟起了嘴。

買這瓶果汁原本是想惡整萌美，沒想到她竟然這麼喜歡，繪里香忍不住有點失望。「算了，反正我拿到了可愛的吊飾，所以也沒吃虧。」接下來就看明天了，希望萌美生病別來學校。

想到這裡，繪里香的內心忍不住有點刺痛。

仔細想一想，這種行為真的很惡劣。自己竟然會有這種願望，而且還做出這麼惡劣的事，她忍不住有點難過。

「不，我沒有錯，誰叫萌美朗讀起來結結巴巴。而且如果她明天休息，至少不會在大家面前出糗，這也是在幫助她。」

繪里香拋開內心的愧疚回家了。

隔天，繪里香在上學的路上都很緊張。

那瓶果汁看起來超詭異，希望效果也很完美。雖然萌美有點可憐，但希望她今天請假不上學。

但是她一走進教室就大失所望，因為她看到萌美坐在教室內，很有精神的笑著。

「啊，繪里香。」

萌美一看到繪里香，立刻跑了過來。

「那瓶果汁超好喝！繪里香，真的很謝謝你！」

「嗯……不客氣。」

「唉，這下子絕對拿不到獎品的硬幣了。」想到這裡，繪里香很失望。

但是萌美為什麼這麼有活力？照理說想到等一下的朗讀比賽，她應該緊張得坐立難安，但萌美的表情很開朗，看起來很放鬆。繪里香納悶的偏著頭，回到自己的座位。

上午的課上完了，午休結束後，朗讀比賽正式開始。

繪里香這一組第三個上臺朗讀，他們要讀《斗笠地藏》的故事，每個人要大聲朗讀三頁。

輪到他們這一組了，繪里香深吸一口氣。前面兩組朗讀得並不好，有的聲音太小，有的朗讀沒有感情，繪里香覺得自己這一組有可能得到硬幣。

「啊，拜託拜託，萌美千萬不要出錯！」

繪里香斜眼瞪了萌美一眼，和同組的其他同學一起來到黑板前開始朗讀《斗笠地藏》。因為大家之前都有努力練習，所以第一位和第二位同學都讀得很好。

接下來是萌美。繪里香用力閉上了眼睛。

「神啊，至少別讓萌美站在那裡開不了口！希望她把接力棒交給我之前可以好好讀完！」

萌美開始朗讀。

「老爺爺扛著最後一頂沒有賣完的斗笠，踏上了回家的路。雪花一片一片飄落，不一會兒，老爺爺來到了站在路旁的一排地藏菩薩面前。」

繪里香目瞪口呆。

萌美的朗讀很流利，完全沒有結巴也沒有讀錯。她很順暢的一句接著一句，聲音也很好聽，每個人都被她充滿感情朗讀的故事吸引了。聽她朗讀時，老爺爺和幾乎被積雪淹沒的地藏菩薩，彷彿就在眼前似的。

繪里香也在不知不覺中專心聽著萌美朗讀。

這時，萌美停了下來。

「不要停！我還想繼續聽下去！」

繪里香好不容易才克制自己想要這麼大喊的衝動。她必須克制，因為萌美已經朗讀完她的部分，接下來輪到繪里香了。

「那、那天晚上，老爺爺和老奶奶在睡覺時，聽到奇怪的動靜醒了過來。」

因為在萌美後面朗讀的關係，繪里香的朗讀聽起來糟透了。繪里香自己也知道這一點，所以差點就要哭出來了。

好不容易朗讀完，繪里香卻覺得自己很丟臉。

大森老師站了起來，用力鼓掌說：

「第三組太棒了！尤其是津川萌美同學，朗讀得太完美了！比之前進步很多，老師也聽得出神了。」老師簡直是讚不絕口。

所有小組朗讀結束後，老師宣布：「第一名是第三組的同學。」

第三組所有成員都拿到了一枚硬幣。

繪里香如願拿到了外國硬幣，但不知道為什麼，她並不高興，總覺得好像不是靠自己的實力得到的。「我們小組……是因為萌美才得到第一名。」這個想法在她的腦袋裡揮之不去。

最好的證明，就是許多同學圍在萌美周圍，不停的稱讚她。

「萌美，你朗讀得真好。」

「津川同學，你太厲害了。」

「你再朗讀一次給大家聽，你的聲音太好聽了。」

「我也想聽！萌美，拜託你！」

「津川同學，老師也要拜託你，你再朗讀給大家聽。」

「好。」

萌美害羞的紅了臉，又開始朗讀《睡美人》的故事。這一次的朗讀也很完美，所有人都聽得入迷，只有繪里香例外……

繪里香很生氣，但她也搞不懂自己為什麼這麼生氣。

萌美在朗讀時沒有出錯，而且朗讀得很出色，所以繪里香拿到了夢寐以求的外國硬幣，但她為什麼這麼懊惱？

放學後，繪里香走在回家的路上，心情仍然很惡劣。走到半路時，萌美追了上來。

「繪里香，等等我！」

「萌美……找我有什麼事嗎？我想趕快回家。」

繪里香冷冷的說，但萌美笑著回應。

「對不起，我只是想向你道謝。因為喝了你送我的果汁，所以今天才能這麼成功，這全都是你的功勞，真的很感謝你！」

「你在說什麼啊？你說都是果汁的功勞是什麼意思？」

「咦？你送我那瓶『演講果汁』，不是希望我朗讀進步嗎？」

「演講果汁？」

「對，標籤上是這麼寫的，還寫著無論多麼不擅長演講，只要喝了這種果汁，就可以說話很流利。雖然我原本不相信，但沒想到這是真的。謝謝你！那我先回家了。」

萌美露出燦爛的笑容後轉身離開。

繪里香愣在原地許久，內心漸漸冒出了怒火。「原來是那瓶果汁。那瓶果汁是特別的東西，只要喝下去，就可以朗讀得很出色。

可惡，不能原諒萌美那個傢伙，那瓶果汁是我買的，應該由我來喝才對！」

繪里香覺得萌美偷走了自己的東西，她忘記當初買那瓶果汁是希望萌美吃壞肚子，現在更恨死了萌美。

這時，繪里香突然眼睛一亮。

「對了，那個怪叔叔……我記得他還有很多果汁。」

那個行動冰箱裡應該還有其他和演講果汁一樣有神奇功效的飲料，一定要找到那個怪叔叔，這次要買超厲害的飲料，買真的有負作用的飲料。絕對會有這種東西，要讓萌美喝下去！

繪里香雙眼發亮的在街上打轉，拚命尋找那個怪叔叔。找了一陣子，她終於找到了——那個怪叔叔坐在公車站的長椅上抽菸，行動冰箱就放在他的腳邊。

繪里香跑了過去。

「叔叔，打擾一下。」

「嗯？喔喔，原來是昨天的小妹妹。怎麼樣？那瓶果汁有沒有發揮神奇效果？」

「嗯……」

怪叔叔看到繪里香一臉懊惱的表情，似乎就猜到是怎麼回事。

「原來是這樣，所以你要來買其他飲料嗎？」

「你要賣給我嗎？」

「好啊，你想要什麼？」

「我要那種超厲害、有壞影響的飲料，要給很討厭的同學喝。」

怪叔叔呵呵呵的笑了起來，似乎覺得很有趣。

「太好了，那……這個怎麼樣？」

怪叔叔從行動冰箱裡拿出一罐飲料，像牛奶一樣白的飲料罐上，用金色的字寫著「光溜溜茶」。

「這瓶飲料可以讓皮膚變得很光滑，但如果一次喝太多，效果會太強烈，連頭頂都會變得光溜溜。」

「變得光溜溜？所以連頭髮都會不見嗎？」

「頭髮和眉毛都會不見，怎麼樣？是不是很適合你用來整人？」

繪里香覺得這或許是個好主意。萌美雖然整天看起來無憂無慮，但如果她連頭髮也沒了，一定會很難過。光是想像一下就覺得很好玩。

「我要買，我要買『光溜溜茶』，讓萌美一口氣喝下去。」

繪里香正打算從書包裡拿出錢包，剛好看到掛在錢包上的小貓吊飾，就是昨天她向萌美要來的禮物。

繪里香不經意的看了吊飾一眼，忍不住嚇了一跳。怎麼回事？那個貓的臉看起來和昨天不一樣了。昨天看起來更可愛、更英姿煥發，但現在的表情很可怕，露出鄙視的眼神看著繪里香。

繪里香立刻回過神。

「我……在這裡幹麼？」

萌美根本沒有做錯任何事，每次都是繪里香想要陷害她，而且還自己生氣想要找她麻煩。

繪里香對自己的壞心眼感到害怕，在心裡告誡自己：「不可以這樣，不可以再做這種事。」

怪叔叔看到繪里香拿著錢包一動也不動的站在那裡，偏著頭感到納悶。

「你怎麼了？」

「嗯……我、我還是不要買了。」

「為什麼？」

「因為這樣不太好。」

沒想到那個怪叔叔卻不肯放棄。

「別這麼說，你就拿去吧，我可以不收你的錢，因為我覺得你一定可以好好運用。」

怪叔叔說著「拿去吧」，硬是把「光溜溜茶」塞到繪里香手上。

「不、不要！我不要！」

繪里香害怕不已，想要把他推開。

一旦收下「光溜溜茶」，也許就會想要讓別人喝下去。繪里香覺得太可怕了。「不要，我不想要，我不想要這種東西。救命啊！」

就在這時……

「護身貓！」

突然，一個響亮的聲音響起，那個怪叔叔就昏倒了。繪里香不知道發生了什麼事，瞪大眼睛站在那裡。

一個高大的警察從街角走了出來。那是一位警察阿姨，像相撲選手一樣又高又大。

警察阿姨走向昏倒在地的怪叔叔，為他戴上了手銬。

「總算逮到他了，真是費了好大的工夫。」

警察阿姨自言自語的嘀咕後，轉頭看著繪里香問：

「你沒事吧？你有沒有向他買了什麼？」

「呃……我沒有。」

「是嗎？那就好。」

警察阿姨點了點頭，似乎鬆了一口氣，繪里香忍不住向她老實招供。

「其……其實我上次買了演講果汁，我把它送給同學，後來才知道有神奇的力量……我很不甘心，很想惡整那個同學，所以、所以……」

繪里香說著說著，忍不住流下了眼淚。她很難過自己怎麼會變成這麼討厭的人。

警察阿姨輕輕摸著繪里香的頭說：

「但你並沒有買第二罐，不是嗎？」

「對。」

「這樣很好，產生惡意是很容易的事，但要放下對他人的惡意卻很難，你勇敢的放下了，這很了不起。正因為這樣，『護身貓』才會保護你。」

警察阿姨說話時，指著繪里香掛在錢包上的小貓吊飾。

「啊？」

「這是護身符『護身貓』，只會保護心靈純潔的主人，是騎士中的騎士，當主人身陷危險時，牠會盡全力保護主人。就是『護身貓』打倒了這個男人，這代表你是值得『護身貓』保護的人。」

聽到警察阿姨這麼說，繪里香暗自鬆了一口氣。

警察阿姨接著問：

「這個『護身貓』是我送給拾金不昧的小妹妹，所以你就是津川萌美嗎？」

「不，我不是……」

繪里香用力吸了一口氣說：

「這是萌美送我的，不，應該說是我硬向她要來的，但我等一下會拿去還給萌美，我一定會還給她。」

「這樣就對了。」

警察阿姨溫柔的笑了。

「那你趕快回家吧，這個男人交給我來處理就好。」

「好。」

繪里香離開後，那個警察阿姨慢慢脫下帽子，露出一頭雪白的頭髮。

她俐落的理了理散開的頭髮，小聲的說：

「唉，穿制服真不舒服啊，但總算大功告成了。喂，站起來，喂！」

昏倒的怪叔叔聽到警察阿姨的叫聲醒了過來。

「怎、怎麼回事？發生了什麼事？」

怪叔叔站起來一看到警察，立刻倒吸一口氣，嚇得說不出話來。警察阿姨把臉湊到怪叔叔面前說：

「原來是你偷了我店裡的商品，還把東西流入市面，真是完全沒想到。我知道你是以前的幸運客人，是買了『怪盜螺螺麵包』的江城秀元吧。」

秀元之前吃了錢天堂的「怪盜螺螺麵包」，成為技術高超的小偷。他得意忘形到處亂偷，結果被關進了監獄。雖然他是自作自受，但他惱羞成怒，反過來認為全都是錢天堂害了他。他一直痛恨錢天堂，痛恨把「怪盜螺螺麵包」賣給他的錢天堂老闆娘。

但是，秀元此刻眼中流露出的不是憎恨而是恐懼，眼前這個警察發出讓他心驚膽戰的氣勢，深藏在內心多年的復仇心完全煙消雲散了。

「啊，原、原諒我……」

「江城秀元先生，先不談原不原諒的問題，我要先問你一件事，你是怎麼從監獄逃出來的？怎麼找到我的自動販賣機和扭蛋機？又是怎麼破解防盜的魔咒？你一定要詳細告訴我這些事。」

警察說話時，逼近嚇得發抖的怪叔叔。她高大的身體似乎在說，絕對不會讓他逃走。

番外篇 小偷的真面目

深夜裡，「錢天堂」柑仔店的工廠內一片靜悄悄。

金色的招財貓白天忙碌工作了一天，現在都回到後方的和室內，靜靜躺在各自的被子裡。一整排小被子，看起來就像是撲克牌排在一起。

這時，和室的門打開了一條縫，一縷紫色的煙飄了進來。紫煙就像蛇一樣蠕動，在整個和室內擴散。

當紫煙充分擴散後，有一個黑影溜了進來。

那個影子的動作十分靈活，一手把招財貓抓起來後，放進身上的大袋子裡。招財貓被丟進袋子裡也沒有醒過來，不知道為什麼，牠們都睡得很沉，完全任人擺布。

黑影把將近一百隻招財貓一個個丟進了袋子，最後只剩下一隻。黑影當然也把手伸向最後一隻。

沒想到，那隻招財貓猛然跳起來，躲過了黑影的手，接著，和室裡頓時燈火通明。

「到此為止。」那隻招財貓老神在在的說，身體越來越大，最後變成了錢天堂的老闆娘紅子。

站在紅子面前的是一位七、八歲的少女，她穿著黑底紅色彼岸花的和服，一頭深藍色的頭髮剪成妹妹頭，皮膚晶瑩潔白，嘴脣鮮紅。雖然少女很漂亮，但感覺很叛逆。

少女拎著大袋子愣在那裡，紅子緩緩對她說：

「果然是倒霉堂的澱澱，我之前就猜到可能是你，沒想到你為了破壞我的生意，不惜讓江城秀元越獄，真是太驚訝了。」

「紅子……你怎麼會在這裡？」

澱澱好不容易擠出沙啞的聲音問道。

「你不可能在這裡才對啊，你不是為了尋找流入市面的飲料和玩具，整天忙得焦頭爛額嗎？」

「對，起初的確是這樣，整天東奔西跑，連柑仔店都暫時不做生意了。」

紅子笑了起來，高大的身體也跟著搖晃。

「但是我後來想到，小偷會這麼做，一定有更陰險的目的。所以我就用了分身口香糖，讓我的分身去負責回收產品的工作，我則是一直留在這裡。因為柑仔店內最重要也最有價值的，就是這些幸運招財貓。如果真的有人仇視這家店，一定會來這裡下手。」

「……」

「你讓江城秀元把偷來的東西流入市面，是為了聲東擊西，好把我從這家店引開吧？你想趁我不備綁架招財貓，這才是你真正的目的吧？」

「就、就算是這樣，那又怎麼樣？」澱澱惱羞成怒，任性的反問。

「我之前就說過了，我要讓你的店倒閉，現在只是為了完成我的誓言，做我該做的事。是你自己太大意了，沒有把我的話當真，但這次算我輸了，這些貓就還給你吧。」

澱澱把袋子放了下來，走向拉門。紅子對著她的後背說：

「你要去哪裡？」

「當然是回家啊。」

「你以為你走得了嗎？」

紅子的聲音帶著可怕的語氣。

「澱澱，你似乎還沒有搞清楚狀況，我是真的很生氣。」

紅子雖然說她很生氣，但臉上還是帶著笑容，只是她的笑容很可怕，澱澱覺得全身都繃緊了。

「如果要較量兩家店的商品，我很歡迎，但你竟然偷我的商品惹事生非，而且還想趁亂綁架招財貓，這已經不是較量了，而是低俗卑劣的破壞。」

「等、等一下，你何必這麼認真……我錯了，我向你道歉。」

「我不接受，因為你做得太過分了，而且竟然想打招財貓的主意，我無論如何都無法原諒這一點。搗蛋過了頭，就必須受到懲罰。」

紅子合起雙手，猛然打開拉門，好幾個像蝙蝠般的黑影衝了進來。

「我們是常闇橫町的警察！倒霉堂的溷溷，我們要以偷竊、妨礙業務，以及試圖綁架九十八隻幸運招財貓未遂的罪名逮捕你！」

「咦？有話好說！別這樣！真的、真的只是開玩笑！紅子！對不對？你告訴他們，我是在開玩笑！」

不過紅子什麼話都沒有說，那幾個黑影抓著溦溦消失在黑暗中。

溦溦的慘叫聲消失後，室內再度陷入安靜，紅子重重的吐了一口氣。

「好了，這下子終於搞定了。話說回來，那個江城秀元真是太愚蠢了，溦溦問他要不要向錢天堂報仇，他竟然就這樣答應了。錢天堂到底哪裡得罪他了？無論是買怪盜螺螺麵包還是去偷東西，最後

被抓到關進監獄，全都是他自己的選擇啊，真是傷腦筋。」

紅子搖著頭，從澱澱留下的袋子裡把招財貓拿出來，然後讓牠們回被子裡睡覺。這些招財貓睡得很沉，紅子忍不住有點擔心。

「我明天打算開店做生意……不知道這些招財貓能不能在工作時間準時起床。澱澱真是太壞了，特地點了木天蓼香。在她所有的行徑中，這件事應該最可惡。」

紅子咬牙切齒說著，關掉了和室的燈。

推薦文

走入「神奇柑仔店」，體驗一趟人生價值的探索之旅

◎廖淑霞（臺北市私立再興小學閱讀教師）

狄更斯在《雙城記》中曾言：「這是最好的時代，也是最壞的時代；這是智慧的時代，也是愚蠢的時代。」這句話用來形容我們當前所處的世代，似乎也頗為貼切。社會的繁榮蓬勃了經濟，卻也形成了過度浪費的消費觀；科技的發達，便利了生活，卻也造成了人際互動的疏離感。有時候真的希望有一間神奇柑仔店存在，可以走進去，跟老闆娘紅子好好聊聊自己的煩惱，買一個可以解決當下煩惱的零食。

這本書延續著前幾集引人入勝的故事設定，不過卻加了「販賣機和扭蛋機」失竊的情節，透過六個不同的故事，映照出這個既好又壞的年代中，矛盾的人生觀與價值觀。像是才六歲的小潤，因著自尊心而不願穿著哥哥、姊姊們的舊衣物，後來拾獲「全新徽章」改變了他人對自己形象的認同，卻得面臨患得患失的恐懼；自小羨慕表妹優渥家境的美彌，企圖藉由「千金小姐可可」，掩蓋本性中的貪婪與膚淺，希冀倚靠男友的經濟能力躋身上流社會，最後卻得不償失；沉迷於網路遊戲世界的阿悟，渴求從虛擬世界中

獲取友伴的認同，尋求自己存在的價值；整日無所事事的菜穗子，苦無大展身手的機會，卻陰錯陽差戴上帥哥面具成為萬人迷；因為好勝與嫉妒心作祟的繪里香，想方設法想惡整萌美，卻不斷的在善與惡之間掙扎與抉擇……他們的煩惱或是性格是這麼真實，甚至有可能就是我們身邊某一個人的寫照。

作者以她的生花妙筆，在娓娓道來的奇幻情節中，鋪成出每個主角內在的渴求、掙扎、猶豫、羞愧與悔恨……而這些糾葛的情緒其實需要小讀者在閱讀時靜心的思索與自我對話。我設計了一些延伸活動，希望小讀者在讀完故事、意猶未盡時，可以好好回想故事的內容，並動動腦，想一想如果是你，你會怎麼做選擇呢？在「故事照妖鏡」中，你可以透過一個個的問題，重溫故事的精采情節與關鍵；在「小天使&大惡魔的對抗賽」中，我們可以藉由腦海中善與惡拉鋸的現場示現，學習面對是非對錯的價值抉擇；而「錢天堂明星商品&幸運得主大PK」中，你可藉由事件因果的推論整理表，細思主角抉擇後的結果，思考每篇故事的主角，在事件中的內在想法與改變；「抽絲剝繭」的活動中，你可以運用細膩的觀察力，挖掘出故事主角隱藏的善良。

誠如錢天堂的老闆娘紅子所言：「長相無法決定人生的一切。」雖然幸運商品會帶來願望的實現或一時的幸福，但想獲得別人的認可，還是得依靠自己的努力與付出。歡迎你帶著不斷自我辯證的態度，跟著「神奇柑仔店」來一趟人生價值的探索之旅。

故事照妖鏡

設計／廖淑霞（臺北市私立再興小學閱讀教師）

看完故事後，請你想一想，或和身邊的人一起討論。

一、當小潤看到姊姊的洋裝有黑色污漬時，他選擇怎麼做？你覺得小潤會後悔他的選擇嗎？說一說，為什麼呢？

二、靠著「千金小姐可可」幫助而成為淑女的美彌，為何反而失去了阿篤？你覺得外表重不重要？如果覺得不重要，那麼你覺得什麼事物比外表更重要？

三、你認為阿悟在這趟遊戲世界的實境體驗中，領悟到什麼事情？

四、你認為菜穗子有因為成為最帥的男子而欣喜嗎？

五、萌美因為「演講果汁」的幫忙順利朗讀完故事，並讓小組獲得硬幣，為何繪里香沒有感到高興反而感到生氣？

主角小天使&大惡魔的對抗賽

一、故事裡的主角在面對抉擇時，常會面臨小天使與大惡魔在腦海中對話，小天使會告訴他們良善的想法，大惡魔則會使他們想做壞事，兩種相互衝突的想法因而讓他們難以抉擇，現在請你重現〈演講果汁〉的故事中，在繪里香腦袋中善意和惡意對抗的對話吧。

繪里香

二、你是否也曾經和主角小潤、阿悟、繪里香等人一樣，陷入小天使的勸導以及大惡魔引誘的拉鋸中呢？說一說當時內在的想法，以及你事後做了什麼選擇？

錢天堂明星商品＆幸運得主大PK

故事中的主角，有些幸運的獲得錢天堂的商品，有些刻意的購買這些商品，這些明星商品幫助他們達成了什麼願望？讓他們的生活有了什麼改變？

主角	明星商品	實現的願望	生活上的改變
小潤	全新徽章		
美彌			

抽絲剝繭

錢天堂的商品，需要幸運的人才能得到，請找出他們幸運得到這些商品的理由。

小潤

菜穗子

萌美

神奇柑仔店5

我不要帥哥面具！

作　　者｜廣嶋玲子
插　　圖｜jyajya
譯　　者｜王蘊潔

責任編輯｜楊琇珊
特約編輯｜葉依慈
封面設計｜蕭雅慧
電腦排版｜中原造像股份有限公司
行銷企劃｜葉怡伶

天下雜誌群創辦人｜殷允芃
董事長兼執行長｜何琦瑜
媒體暨產品事業群
總經理｜游玉雪
副總經理｜林彥傑
總編輯｜林欣靜
行銷總監｜林育菁
主編｜李幼婷
版權主任｜何晨瑋、黃微真

出版者｜親子天下股份有限公司
地址｜台北市 104 建國北路一段 96 號 4 樓
電話｜（02）2509-2800　傳真｜（02）2509-2462
網址｜ www.parenting.com.tw
讀者服務專線｜（02）2662-0332　週一～週五：09:00~17:30
讀者服務傳真｜（02）2662-6048
客服信箱｜ parenting@cw.com.tw
法律顧問｜台英國際商務法律事務所・羅明通律師
製版印刷｜中原造像股份有限公司
總經銷｜大和圖書有限公司　電話：（02）8990-2588

出版日期｜2020年 5 月第一版第一次印行
　　　　　2024年 1 月第一版第二十八次印行
定　　價｜300元
書　　號｜BKKCJ062P
ISBN｜978-957-503-592-1（平裝）

訂購服務
親子天下 Shopping｜shopping.parenting.com.tw
海外・大量訂購｜parenting@cw.com.tw
書香花園｜台北市建國北路二段6巷11號　電話（02）2506-1635
劃撥帳號｜50331356　親子天下股份有限公司

國家圖書館出版品預行編目資料

神奇柑仔店5：我不要帥哥面具！／廣嶋玲子
文；jyajya 圖；王蘊潔 譯. -- 第一版. --
臺北市：親子天下, 2020.05
200面；17X21公分. --（樂讀456系列；62）
譯自：
ISBN 978-957-503-592-1（平裝）

861.59　　109004567